短歌研究ムック

平成の天皇・皇后両陛下のお歌三六五首

「短歌研究」編集部＝編

目次

ブックデザイン　鈴木成一デザイン室
カバー写真提供　ロイター＝共同

第一部

平成の天皇・皇后両陛下のお歌三六五首

平成二年　御製

昭和天皇を偲ぶ歌会　題「晴」

父君を見舞ひて出づる晴れし日の宮居の道にもみちばは照る

大韓民国大統領閣下をお迎へして

さまざまの歴史を思ひ海一つ隔つる国のまれ人迎ふ

集中豪雨

この年も集中豪雨のまがにより失はれたる命惜しまる

イラク国在留邦人

外国に留め置かれたる人々の上思はれて日々を過ごしぬ

即位の礼饗宴の儀

外国のあまたまれ人集ひ来て宴の夜を語り過ごしぬ

大嘗祭

父君のにひなめまつりしのびつつ我がおほにへのまつり行なふ

第四十一回全国植樹祭 長崎県

父君の即位記念の林より育ちし苗を我ら植ゑけり

第十回全国豊かな海づくり大会 青森県

くろそいとひらめの稚魚を人々と三沢の海に共に放しぬ

第四十五回国民体育大会秋季大会 福岡県

さまざまの小旗や花を打ち振りて歩む選手の晴れやかにして

皇后陛下御歌

昭和天皇を偲ぶ歌会　題「晴」

かすみつつ晴れたる瀬戸の島々をむすびて遠く橋かかりたり

昭和天皇をお偲びして

セキレイの冬のみ園に遊ぶさま告げたしと思ひ覚《さ》めてさみしむ

明治神宮御鎮座七十周年

聖《ひじり》なる帝《みかど》にまして越《こ》ゆるべき心の山のありと宣《の》らしき

御即位を祝して

ながき年目に親しみしみ衣《ころも》の黄丹《に》の色に御代の朝あけ

平成三年

御製

歌会始　題「森」

いにしへの人も守り来し日の本の森の栄えを共に願はむ

春

中庭の白紅の梅咲きてゐやわざの日は春の気満つる

雲仙岳噴火

人々の年月かけて作り来しなりはひの地に灰厚く積む

旅先に台風の報を聞く

台風に故国の人命失せしことタイの地にして悲しくも聞く

タイ、マレイシア、インドネシア三ケ国訪問を終へて

旅終へて立ちし空港は雨にして訪ひ来し国の乾きを思ふ

オランダ国女王陛下を国賓としてお迎へして

若き日に知り親しみしオランダの君なつかしく迎へ語りぬ

第四十二回全国植樹祭 京都府

「ふれあいの森」育てむと集ひ来しあまたの人と苗植ゑにけり

第四十六回国民体育大会秋季大会 石川県

縄文の土器かたどりし炬火台に火はあかあかと燃え盛りけり

第十一回全国豊かな海づくり大会 愛知県

くるまえび豊浜漁港に放てれば青き深みに泳ぎ行きけり

皇后陛下御歌

歌会始　題「森」

いつの日か森とはなりて陵《みささぎ》を守らむ木木かこの武蔵野に

立太子礼

赤玉の緒《を》さへ光りて日嗣《ひつぎ》なる皇子《みこ》とし立たす春をことほぐ

多磨全生園を訪ふ

めしひつつ住む人多きこの園に風運びこよ木の香《か》花の香

雲仙の人々を思ひて

火を噴ける山近き人ら鳥渡るこの秋の日日安《やす》からずゐむ

平成四年　御製

歌会始　題「風」

白樺の堅きつぼみのそよ風に揺るるを見つつ新年《にひどし》思ふ

戦没船員の碑

戦日《いくさび》に逝きし船人を悼む碑の彼方に見ゆる海平らけし

理化学研究所

新たなる機器用ひつつ研究所に外国人《とつくにびと》も交りいそしむ

第二十五回オリンピック競技大会

日の本の選手の活躍見まほしく朝のニュースの画面に見入る

西安

いにしへの我が国人《くにびと》の踏みし地を千年を越えて我ら訪《おとな》ふ

上海

笑顔もて迎へられつつ上海の灯ともる街を車にて行く

第四十三回全国植樹祭 福岡県

夜須高原に苗植ゑにけり人々の訪ひて楽しむ森とならまし

第四十七回国民体育大会秋季大会 山形県

車椅子の人も交りて選手らの入場の様見るはうれしき

第十二回全国豊かな海づくり大会 千葉県

荒波の寄せ来る海に放たれしひらめはしばし漂ひ泳ぐ

皇后陛下御歌

歌会始　題「風」

葉かげなる天蚕《てんさん》はふかく眠りゐて櫟《くぬぎ》のこずゑ風渡りゆく

初孫

春の光溢るる野辺の柔かき草生《くさふ》の上にみどりごを置く

桐の花

やがて国敗《やぶ》るるを知らず疎開地に桐の筒花《つつばな》ひろひゐし日よ

交信

名を呼ぶはかくも優しき宇宙なるシャトルの人は地の人を呼ぶ

平成五年　御製

歌会始　題「空」

外国の旅より帰る日の本の空赤くして富士の峯立つ

沖縄平和祈念堂前

激しかりし戦場《いくさば》の跡眺むれば平らけき海その果てに見ゆ

奥尻島

壊れたる建物の散る島の浜物焼く煙立ちて悲しき

故ボードゥワン国王御葬儀参列

四十年をむつみ過ごししベルギーの君まさずして宮訪ねけり

ベルリン

東西を隔てし壁の払はれて「歓喜の歌」は我を迎ふる

勤労奉仕の人々に会ひて

地方より奉仕作業に来し人に痛みつつ聞く長雨のわざ

第四十四回全国植樹祭 沖縄県

弥勒世よ願て揃りたる人たと戦場の跡に松よ植ゑたん

第四十八回国民体育大会秋季大会 徳島県・香川県

香川の火徳島の火をかかげつつ選手ら二人炬火台に向かふ

第十三回全国豊かな海づくり大会 愛媛県

県の魚まだひの稚魚を人々と共に放しぬ伊予の海辺に

皇后陛下御歌

歌会始　題「空」

とつくにの旅いまし果て夕映《は》ゆるふるさとの空に向ひてかへる

東宮の婚を祝ひて――兼題「青葉の山」――

たづさへて登りゆきませ山はいま木々青葉してさやけくあらむ

御遷宮の夜半に

秋草の園生《そのふ》に虫の声満ちてみ遷《うつ》りの刻《とき》次第に近し

移居

三十余年君と過ぎ来《こ》しこの御所に夕焼の空見ゆる窓あり

平成六年　御製

歌会始　題「波」

波立たぬ世を願ひつつ新しき年の始めを迎へ祝はむ

硫黄島　二首

精根を込め戦ひし人未《いま》だ地下に眠りて島は悲しき

戦火《いくさび》に焼かれし島に五十年《いそとせ》も主なき蓖麻《ひま》は生ひ茂りゐぬ

豊受大神宮参拝

白石《しらいし》を踏み進みゆく我が前に光に映《は》えて新宮《にひみや》は立つ

マヨルカ島

スペインの君らと共に乗る馬車に人ら手を振る高き窓より

一年を顧みて

豊年《とよとし》を喜びつつも暑き日の水足らざりしいたづき思ふ

第四十五回全国植樹祭 兵庫県

高原の風さはやかに吹ける中人らと集ひ苗木植ゑけり

第四十九回国民体育大会秋季大会 愛知県

国体の炬火は再び入り来ぬ四十年を経てこの会場に

第十四回全国豊かな海づくり大会 山口県

手渡しし稚貝稚えびを手に持ちて若き海人港出で行く

皇后陛下御歌

歌会始　題「波」

波なぎしこの平らぎの礎《いしずゑ》と君らしづもる若夏《うりずん》の島

慰霊碑に詣《まう》づ

慰霊地は今安らかに水をたたふ如何《いか》ばかり君ら水を欲りけむ

（硫黄島）

高齢化の進む町にて学童の数すくなきが鼓笛を鳴らす

（植樹祭会場 兵庫県村岡町）

今一度《いちど》訪《と》ひたしと思ふこの村に辣韮《ラツキヤウ》の花咲き盛《さか》るころ

（鳥取県 福部村）

平成七年　御製

歌会始　題「歌」

人々の過しし様を思ひつつ歌の調べの流るるを聞く

阪神・淡路大震災

なゐをのがれ戸外に過す人々に雨降るさまを見るは悲しき

平和の礎《いしじ》

沖縄のいくさに失せし人の名をあまねく刻み碑は並み立てり

原子爆弾投下されてより五十年経ちて

原爆のまがを患ふ人々の五十年《いそとせ》の日々いかにありけむ

雲仙普賢岳噴火の被災地を訪れて

四年《よとせ》余も続きし噴火収まりて被災地の畑《はた》に牧草茂る

勤労奉仕団の人々より今年の作柄を聞きて

豊かなる実りなりしといふ人の多き今年の秋を喜ぶ

第四十六回全国植樹祭　広島県

平らけき世をこひねがひ人々と広島の地に苗植ゑにけり

第五十回国民体育大会秋季大会　福島県

福島の競技場の空晴れ渡り第五十回国体開く

第十五回全国豊かな海づくり大会　宮崎県

すこやかに育てきたりしおおにべを油津漁港の海に放しぬ

皇后陛下御歌

歌会始　題「歌」

移り住む国の民とし老いたまふ君らが歌ふさくらさくらと

雛のころに

この年の春燈《しゆんとう》かなし被災地に雛なき節句めぐり来たりて

植樹祭

初夏《はつなつ》の光の中に苗木植うるこの子どもらに戦《いくさ》あらすな

五月 広島を訪ひて

被爆五十年広島の地に静かにも雨降りそそぐ雨の香のして

平成八年　御製

歌会始　題「苗」

山荒れし戦《いくさ》の後《のち》の年々《としどし》に苗木植ゑこし人のしのばる

山梨県

山間《やまあひ》に広がる里の道行けば桃の林に花咲き満つる

旧日光田母沢御用邸を訪ねて

疎開せし日光の住処《すみか》五十年《いそとせ》を越えたる夏におとなひにけり

ベルギーの君と足利市を訪ねて

ベルギーの君と乗りゆく列車より実り豊けき秋の田を見る

長野県土石流災害

土石流のまが痛ましき遺体捜査凍てつく川に今日も続けり

五十年を顧みて

五十年《いそとせ》の国進みこし年月にいたづきし人の功《いさをし》をしのぶ

第四十七回全国植樹祭 東京都

埋立てし島に来たりて我が妹といてふの雄木と雌木植ゑにけり

第十六回全国豊かな海づくり大会 石川県

珠洲の海に放ちし鯛の稚魚あまたいづれの方を今泳ぐらむ

第五十一回国民体育大会秋季大会 広島県

慰霊碑の火の燃え続く広島に国体選手あまた集へり

皇后陛下御歌

歌会始　題「苗」

日本列島田ごとの早苗そよぐらむ今日わが君も御田《みた》にいでます

秩父宮妃殿下をお偲びして

もろともに蓮華《れんげ》摘まむと宣《の》らししを君在《ま》さずして春のさびしさ

終戦記念日に

海陸《うみくが》のいづへを知らず姿なきあまたのみ霊《たま》国護《まも》るらむ

道

彼岸花咲ける間《あはひ》の道をゆく行き極《きは》まれば母に会ふらし

平成九年　御製

歌会始　題「姿」

うち続く田は豊かなる緑にて実る稲穂の姿うれしき

在ペルー日本大使公邸占拠事件

我が生《あ》れし日を祝ひたる集ひにてとらはれし人未だ帰らず

ブラジリア

赤土のセラードの大地続く中首都ブラジリア機窓に見え来《く》

和歌山県

白浜に宿りし朝《あさ》の海の面《も》を旗なびかせて漁船《いさりぶね》行く

御所に帰らむとして

宮殿を出づれば暮るる冬空に月と明星並《な》みて輝く

對馬丸見出ださる

疎開児の命いだきて沈みたる船深海《しんかい》に見出だされけり

第四十八回全国植樹祭 宮城県

荒れし野を再び森になさむとて集ひし人と苗植ゑにけり

第十七回全国豊かな海づくり大会 岩手県

放たれしまつかはの稚魚は大槌の海の面《も》近くしばしただよふ

第五十二回国民体育大会秋季大会 大阪府

幼きも老も交れる人々の集団演技見つつ楽しむ

皇后陛下御歌

歌会始　題「姿」

生命《いのち》おび真闇《まやみ》に浮きて青かりし地球の姿見し人還《かへ》る

大震災後三年を経て

嘆《なげ》かひし後《のち》の眼《まなこ》の冴えざえと澄みゐし人ら何方《いづかた》に住む

日本海重油流出事故

汚染されし石ひとつさへ拭《ぬぐ》はれて清まりし渚あるを覚《おぼ》えむ

香

かなたより木の花なるか香《かを》り来る母宮《ははみや》の御所に続くこの道

平成十年　御製

歌会始　題「道」

大学の来《こ》しかた示す展示見つつ国開《ひら》けこし道を思ひぬ

長野パラリンピック冬季競技大会

競技終へしアイススレッジの選手らは笑みさはやかにリンクを巡る

英国訪問

戦ひの痛みを越えて親しみの心育てし人々を思ふ

デンマーク訪問

デンマークの君らと乗れる船の上にクロンボー城の砲声響く

奥尻島の復興状況を聞きて

五年《いつとせ》の昔の禍《まが》を思ふとき復興の様しみてうれしき

集中豪雨の被災者を思ひて

激しかりし集中豪雨を受けし地の人らはいかに冬過ごすらむ

一九九八年長野オリンピック冬季競技大会 長野県

会場に世界の人と共に歌ふ歓喜の歌は響き渡れり

第四十九回全国植樹祭 群馬県

種々《くさぐさ》の木々植ゑにけり人々と「二十一世紀の森」に集ひて

第十八回全国豊かな海づくり大会 徳島県

細き葉のあまもの苗を手渡しぬ稚魚を育《はぐく》む藻場《もば》になさむと

第五十三回国民体育大会秋季大会 神奈川県

若き人も年重ねたる人々も集団演技に共に縄跳ぶ

皇后陛下御歌

歌会始　題「道」

移民きみら辿《たど》りきたりし遠き道にイペーの花はいくたび咲きし

旅の日に

語らざる悲しみもてる人あらむ母国《ぼこく》は青き梅実る頃

英国で元捕虜の激しい抗議を受けられた折り、「虜囚」の身となったわが国の人々の上をも思われて詠まれた御歌

サッカー・ワールド・カップ

ゴール守《まも》るただ一人なる任《にん》にして青年は目を見開きて立つ

うららか

ことなべて御身《おんみ》ひとつに負《お》ひ給ひうらら陽《び》のなか何思《なにおぼ》すらむ

平成十一年　御製

歌会始　題「青」

公害に耐へ来しもみの青葉茂りさやけき空にいよよのびゆく

昭和天皇十年式年祭を終へて

父君の思出《おもひいで》おほき大相撲年の始めの土俵に見入る

ルクセンブルグ大公を迎へて

大公と春の山梨たづぬれば間近に白き富士そびえ立つ

結婚四十周年に当たりて

四十年《よそとせ》をともに過しし我が妹《いも》とあゆむ朝《あした》にかいつぶり鳴く

奥尻島

六年《むつとせ》を経てたづねゆく災害の島みどりして近づききたる

即位より十年たちて

日の暮れし広場につどふ人びとと祝ひの調べともに聞き入る

第五十回全国植樹祭 静岡県

西天城《にしあまぎ》高原《かうげん》の空晴れわたりひめしやらの苗人びとと植う

第十九回全国豊かな海づくり大会 福島県

育てられしひらめの稚魚を人びとと風をさまりし海に放てり

第五十四回国民体育大会秋季大会 熊本県

競技場にあまた人びと幼きも入りきて見する技はたのしき

皇后陛下御歌

歌会始　題「青」

雪原《せつげん》にはた氷上にきはまりし青年の力愛《かな》しかりけり

昭和天皇十年祭

かの日より十年《ととせ》を経たる陵《みささぎ》に茂りきたりし木木をかなしむ

長崎原爆忌

かなかなの鳴くこの夕べ浦上の万灯《まんどう》すでに点《とも》らむころか

結婚四十年を迎へて

遠白《とほしろ》き神代の時に入るごとく伊勢参道を君とゆきし日

平成十二年　御製

歌会始　題「時」

大いなる世界の動き始まりぬ父君のあと継ぎし時しも

オランダ訪問

若きより交はり来しを懐かしみ今日オランダの君を訪《と》ひ来ぬ

スウェーデン訪問

高齢者の施設を訪へば日本語にて汝《な》が国に住みしと語る人あり

母君みまかりまして

あまたたび通ひし道をこの宵は亡き母君をたづねむと行く

三宅島噴火

火山灰ふかく積りし島を離《はな》れ人らこの冬をいかに過さむ

那須にて

父君の愛《め》でましゝとふ小《こ》深堀《ふかぼり》のあさまふうろを見むと出できぬ

第五十一回全国植樹祭 大分県

植樹祭の大野の空は晴れわたりぶんごぼだいじゆの一本《ひともと》を植う

第二十回全国豊かな海づくり大会 京都府

我が妹《いも》が丹後の海に放ちゆくあかあまだひの色さやかなり

第五十五回国民体育大会秋季大会 富山県

雪となり花とはなりて富山なる競技場埋《うづ》め人ら踊れり

皇后陛下御歌

歌会始　題「時」

癒《い》えし日を新生《しんせい》となし生くる友に時よ穏《おだ》しく流れゆけかし

香淳皇后御舟入の儀

現《うつ》し世にまみゆることの又となき御貌《みかほ》美し御舟《おふね》の中に

草道

幼な児の草ふみ分けて行きし跡けもの道にも似つつ愛《かな》しき

眞子、佳子両親王さまが御所のお庭でお遊びになっておられるご様子をご覧になって、お詠みになったもの。

オランダ訪問の折りに

慰霊碑は白夜《びやくや》に立てり君が花抗議者の花とともに置かれて

平成十三年　御製

歌会始　題「草」

父母の愛《め》でましし花思ひつつ我妹《わぎも》と那須の草原《くさはら》を行く

ノルウェー国王王妃と共に

ノルウェーの君迎へむと江の島に子らは集ひてヨット操る

阪神淡路大震災被災地訪問

六年《むとせ》の難《かた》きに耐へて人々の築きたる街みどり豊けし

日光田母沢御用邸記念公園を訪れて

一年《ひととせ》を過しし頃のなつかしく修復なりし部屋を巡りぬ

新島、神津島訪問

幾すじも崩落のあと白く見ゆはげしき地震《なゐ》の禍《まが》うけし島

アフガニスタン戦場となりて

カーブルの戦《いくさ》終りて人々の街ゆくすがた喜びに満つ

第五十二回全国植樹祭 山梨県

切り立ちし瑞牆山《みづがきやま》のふもと来ていろはかへでの苗を植ゑけり

第五十六回国民体育大会秋季大会 宮城県

開幕の集団演技はじまりて宮城の空に虹かかりたり

第二十一回全国豊かな海づくり大会 静岡県

手渡ししたかあしがにを携へて海人《あまびと》のふね沖へ出でゆく

皇后陛下御歌

歌会始　題「草」

この日より任務おびたる若き衛士《ゑじ》の立てる御苑《みその》に新草《にひくさ》萌ゆる

知らずしてわれも撃ちしや春闌《た》くるバーミアンの野にみ仏在《ま》さず

外国《とつくに》の風招《まね》きつつ国柱《くにばしら》太しくあれと守り給ひき

いとしくも母となる身の籠《こも》れるを初凩《はつこがらし》のゆふべは思ふ

十一月、初凩が激しく吹いた夕方、出産の日を待たれる東宮妃殿下の上を思われてお詠みになった御歌

平成十四年　御製

歌会始　題「春」

園児らとたいさんぼくを植ゑにけり地震《なゐ》ゆりし島の春ふかみつつ

葉山御用邸

年まさる二人の孫がみどり児に寄りそひ見入る仕草愛らし

正倉院

千歳《ちとせ》越えあまたなる品守り来し人らしのびて校倉《あぜくら》あふぐ

庄内平野

月山も鳥海山もさやかなり空晴れわたる山形の旅

プラハにて

ヴルタヴァの豊けき流れ見し夕べプラハ城に聞くスメタナの曲

生月《いきつき》大橋にて

めぐり来て橋に近づく漁船《いさりぶね》乗る海人《あまびと》の手を振るが見ゆ

第五十三回全国植樹祭 山形県

「遊学の森」に集ひて植ゑし木々人ら親しむ森となれかし

第五十七回国民体育大会秋季大会 高知県

競技場に楽の音《ね》高くとよもして集団演技の人広がれり

第二十二回全国豊かな海づくり大会 長崎県

すこやかに育てられたるとびうをを放す佐世保の海静かなり

皇后陛下御歌

歌会始　題「春」

光返《かへ》すもの悉《ことごと》くひかりつつ早春の日こそ輝かしけれ

八王子市に「元気農場」を訪《と》ふ

これの地に明日葉《あしたば》の苗育てつつ三宅の土を思ひてあらむ

芽ぐむ頃

カブールの数なき木々も芽吹きゐむをみなは青きブルカを上ぐる

夏近く

かの町の野にもとめ見し夕すげの月の色して咲きゐたりしが

「かの町」はかってよく夏を過ごされた軽井沢町。

平成十五年　御製

歌会始　題「町」

我が国の旅重ねきて思ふかな年経る毎に町はととのふ

入院の日々に

入院の我を気遣ひ訪《と》ひくれし思ひうれしく記帳簿を見る

東京大学医学部附属病院を退院して

もどり来し宮居の庭は春めきて我妹《わぎも》と出でてふきのたう摘む

有珠山噴火災害の地を訪れて

一すぢの煙残して静まれる有珠山に人ら登り行く見ゆ

軽井沢町大日向開拓地

開拓につくしし人ら訪ひ来れば雲を頂く浅間山見ゆ

奄美大島訪問

復帰より五十年《いそとせ》経るを祝ひたる式典に響く島唄の声

第五十四回全国植樹祭 千葉県

うぐひすの鳴く会場に妹《いも》と来て槙《まき》とつばきの苗植ゑにけり

第五十八回国民体育大会秋季大会 静岡県

会場の緑の芝に集ひたる二千余人の演技に見入る

第二十三回全国豊かな海づくり大会 島根県

旗を立て我が前を行く漁船《いさりぶね》浜田漁港をつらなり出づる

皇后陛下御歌

歌会始　題「町」

ひと時の幸分《さち》かつがに人びとの佇《たたず》むゆふべ町に花ふる

春

癒えましし君が片へに若菜つむ幸おほけなく春を迎ふる

出雲大社に詣でて

国譲《ゆづ》り祀《まつ》られましし大神の奇しき御業《みわざ》を偲びて止まず

日本復帰五十年を迎へし奄美にて

紫の横雲なびき群島に新しき朝《あさ》今し明けゆく

平成十六年　御製

歌会始　題「幸」

人々の幸願ひつつ国の内めぐりきたりて十五年経つ

宮古島

さたうきびの高く伸びたる穂を見つつ畑連《つら》なる島の道行く

御所にて　二首

顕微鏡に向かひて過ごす夏の夜の研究室にかねたたき鳴く

台風のつぎつぎ来り被災せし人思ひつつ夏の日は過ぐ

小豆島より高松港に向かふ

大島に船近づきて青松園の浜の人らと手を振り交はす

新潟県中越地震被災地を訪ねて

地震《なゐ》により谷間の棚田荒れにしを痛みつつ見る山古志の里

第五十五回全国植樹祭 宮崎県

あまたなるいにしへ人のねむりゐる西都原台地に苗木を植うる

第二十四回全国豊かな海づくり大会 香川県

種《くさ》ぐさのいのち育くむ藻場にせむと小さきあまもの苗を手渡す

第五十九回国民体育大会秋季大会 埼玉県

真心をこめて開かむと埼玉に三千人の合唱響く

皇后陛下御歌

歌会始　題「幸」

幸《さき》くませ真幸《まさき》くませと人びとの声渡りゆく御幸《みゆき》の町に

南静園に入所者を訪ふ

時じくのゆうなの蕾活《い》けられて南静園の昼の穏《おだ》しさ

南静園 全国に十三ある国立のハンセン病療養所の一つ。沖縄の宮古島にある。

踊り

大君の御幸《みゆき》祝ふと八瀬童子《やせどうじ》踊りくれたり月若き夜に

幼児生還

天狼《てんらう》の眼も守りしか土《つち》なかに生きゆくりなく幼児還《をさなごかへ》る

中越地震の被害者の一人であった幼児が、四日ぶりに土石の下から救出された喜びを詠まれた御歌。

平成十七年　御製

歌会始　題「歩み」

戦《いくさ》なき世を歩みきて思ひ出づかの難《かた》き日を生きし人々

歳旦祭

明け初むる賢所《かしこどころ》の庭の面《も》は雪積む中にかがり火赤し

サイパン島訪問 二首

サイパンに戦ひし人その様を浜辺に伏して我らに語りき

あまたなる命の失せし崖の下海深くして青く澄みたり

千振《ちふり》開拓地を訪ねて

たうもろこしの畑続ける那須山麓かの日を耐へし開拓者訪《と》ふ

告期の儀を迎へ

嫁ぐ日のはや近づきし吾子と共にもくせい香る朝の道行く

第五十六回全国植樹祭 茨城県

残りゐる平地《ひらち》の林守らむと潮来《いたこ》に集ひ苗木植ゑたり

第六十回国民体育大会秋季大会 岡山県

桃の実の二つに割れし間より岡山国体の選手入り来る

第二十五回全国豊かな海づくり大会 神奈川県

魚の住む海保ちたる横浜の港につどひ真鯛放てり

皇后陛下御歌

歌会始　題「歩み」

風通ふあしたの小径《こみち》歩みゆく癒えざるも君清《すが》しくまして

御料牧場にて

牧の道銀輪の少女ふり返りもの言へど笑ふ声のみ聞こゆ

サイパン島

いまはとて島果ての崖踏みけりしをみなの足裏《あうら》思へばかなし

紀宮

母吾《われ》を遠くに呼びて走り来《こ》し汝《な》を抱《いだ》きたるかの日恋ひしき

平成十八年　御製

歌会始　題「笑み」

トロンハイムの運河を行けば家々の窓より人ら笑みて手を振る

大雪

年老いし人あまた住む山里に雪下ろしの事故多きを憂ふ

三宅島

ガス噴出未だ続くもこの島に戻りし人ら喜び語る

タイ国国王陛下即位六十年記念式典

六十年《むそとせ》を国人《くにびと》のため尽されし君の祝ひに我ら集へり

孫誕生

我がうまご生《あ》れしを祝ふ日高路《ひだかぢ》の人々の声うれしくも聞く

えりも岬

吹きすさぶ海風に耐へし黒松を永年《ながとし》かけて人ら育てぬ

第五十七回全国植樹祭 岐阜県

種々《くさぐさ》の木々生ふる森になさむとぞ四美《しみ》に集ひて苗木植ゑける

第六十一回国民体育大会 兵庫県

大いなる地震《なゐ》ゆりしより十年余《ととせま》り立ち直りし町に国体開く

第二十六回全国豊かな海づくり大会 佐賀県

眼前に有明海は広がりて今年生まれしむつごろう放つ

皇后陛下御歌

歌会始　題「笑み」

笑み交《か》はしやがて涙のわきいづる復興なりし街を行きつつ

初場所

この年の事無く明けて大君の相撲《すまひ》の席に在《ま》せるうれしさ

月の夜

初《うひ》にして身ごもるごとき面輪《おもわ》にて胎動《たいどう》を云ふ月の窓辺《まどべ》に

帰還

サマワより帰り来まさむふるさとはゆふべ雨間《あめま》にカナカナの鳴く

平成十九年　御製

歌会始　題「月」

務め終へ歩み速めて帰るみち月の光は白く照らせり

大相撲一月場所

外国《とつくに》の力士も交じり競ひ合ふ年の初めの相撲楽しき

リンネ生誕三百年にあたりウプサラを訪ふ

二名法作りしリンネしのびつつスウェーデンの君とここに来たりつ

ラトビア占領博物館

シベリアの凍てつく土地にとらはれし我が軍人《いくさびと》もかく過しけむ

新潟県中越沖地震

被災せし新潟の人はいかにあらむ暑さ厳しきこの夏の日に

福岡県西方沖地震より二年半余玄界島を訪ねて

なゐにより被災せし子ら我ら迎へ島鷹太鼓の撥掲《かか》げ待つ

第五十八回全国植樹祭 北海道

苫小牧の街近く森を造らむとあかえぞまつの苗を植ゑたり

第六十二回国民体育大会 秋田県

競技場に集ふ選手と共に見る県下各地より火の入り来るを

第二十七回全国豊かな海づくり大会 滋賀県

古き湖《うみ》に育まれきし種々《くさぐさ》の魚安らかに住み継ぐを願ふ

皇后陛下御歌

歌会始　題「月」

年ごとに月の在《あ》りどを確かむる歳旦祭《さいたんさい》に君を送りて

リンネ生誕三百周年

自《みづか》らも学究《がくきう》にまして来給へりリンネを祝ふウプサラの地に

玄界島

洋中《わたなか》の小さき陸《くが》よ四《し》百余の人いま住むを思ひつつ去る

滋賀県「豊かな海づくり大会」

手渡しし葭《よし》の苗束若人《わかうど》の腕に抱《いだ》かれ湖《うみ》渡りゆく

平成二十年　御製

歌会始　題「火」

炬火台に火は燃え盛り彼方なる林は秋の色を帯び初む

皇居東御苑

江戸の人味ひしならむ果物の苗木植ゑけり江戸城跡に

日本ブラジル交流年・日本人ブラジル移住百周年にちなみ群馬県を訪問

父祖の国に働くブラジルの人々の幸《さち》を願ひて群馬県訪ふ

岩手・宮城内陸地震

災害に行方不明者の増しゆくを心痛みつつ北秋田に聞く

中越地震被災地を訪れて

なゐにより避難せし牛もどり来て角突きの技見るはうれしき

正倉院事務所修補室

宝物《ほうもつ》の元の姿を求めむとちりを調ぶるいたづき思ふ

第五十九回全国植樹祭 秋田県

さはやかに風渡り来る北秋田に人らとともに木々の苗植う

第二十八回全国豊かな海づくり大会 新潟県

稚魚放つ河口のあなた大漁旗かかげし船の我らを迎ふ

第六十三回国民体育大会 大分県

過ぎし日の国体の選手入り来たり火は受け継がる若人の手に

皇后陛下御歌

歌会始　題「火」

灯火《ひ》を振れば彼方の明かり共に揺れ旅行《ゆ》くひと日夜《よる》に入りゆく

北京オリンピック

たはやすく勝利の言葉いでずして「なんもいへぬ」と言ふを肯《うべな》ふ

旧山古志村を訪ねて

かの禍《まが》ゆ四年《よとせ》を経たる山古志に牛らは直《なほ》く角《つの》を合はせる

正倉院

封じられまた開かれてみ宝の代代《よよ》守られて来《こ》しが嬉しき

平成二十一年 御製

歌会始　題「生」

生きものの織りなして生くる様《さま》見つつ皇居に住みて十五年経《へ》ぬ

結婚五十年に当たり皇宮警察音楽隊の演奏を聞く

我が妹《いも》と過ごせし日々を顧みてうれしくも聞く祝典の曲

カナダ訪問

若き日に旅せしカナダ此度《こたび》来て新しき国の姿感じぬ

即位二十年の国民祭典にて

日の暮れし広場に集ふ人と聞く心に染《し》むる「太陽の国」

御所の庭にて

取り木して土に植ゑたるやまざくら生くる冬芽の姿うれしき

即位の頃をしのびて

父在《ま》さば如何《いか》におぼさむベルリンの壁崩されし後の世界を

第六十回全国植樹祭 福井県

生徒らの心を込めて作りたる鍬《くわ》を手に持ち苗植ゑにけり

第六十四回国民体育大会 新潟県

地震《ない》による禍《まが》重なりしこれの地に人ら集ひて国体開けり

皇后陛下御歌

歌会始　題「生」

生命《いのち》あるもののかなしさ早春の光のなかに揺り蚊《ユスリカ》の舞ふ

カナダ訪問

始まらむ旅思ひつつ地を踏めばハリントン・レイクに大き虹立つ

宇宙飛行士帰還

夏草の茂れる星に還り来てまづその草の香を云ひし人

御即位の日 回想

人びとに見守られつつ御列《おんれつ》の君は光の中にいましき

平成二十二年　御製

歌会始　題「光」

木漏れ日の光を受けて落ち葉敷く小道の真中《まなか》草青みたり

石尊山登山

長き年の後に来たりし山の上《へ》にはくさんふうろ再び見たり

大山千枚田

刈り終へし棚田に稲葉青く茂りあぜのなだりに彼岸花咲く

虫捕りに来し悠仁に会ひて

遠くより我妹《わぎも》の姿目にしたるうまごの声の高く聞え来《く》

遷都千三百年にあたり

研究を重ねかさねて復原せし大極殿《だいごくでん》いま目の前に立つ

奄美大島豪雨災害

被災せる人々を案じテレビにて豪雨に広がる濁流を見る

第六十一回全国植樹祭 神奈川県

雨の中あまたの人と集ひ合ひ苗植ゑにけり足柄の森に

第三十回全国豊かな海づくり大会 岐阜県

手渡せるやまめは白く輝きて日本海へと川下りゆく

第六十五回国民体育大会 千葉県

花や小旗振りて歩める選手らに声援の声高まりて聞こゆ

皇后陛下御歌

歌会始　題「光」

君とゆく道の果たての遠白《とほしろ》く夕暮れてなほ光あるらし

明治神宮鎮座九十年

窓といふ窓を開きて四方《よも》の花見さけ給ひし大御代《おほみよ》の春

FIFAワールドカップ南アフリカ大会

ブブゼラの音も懐しかの国に笛鳴る毎《ごと》にたたかひ果てて

「はやぶさ」

その帰路に己れを焼きし「はやぶさ」の光輝《かがや》かに明かるかりしと

平成二十三年 御製

歌会始 題「葉」

五十年《いそとせ》の祝ひの年に共に蒔きし白樺の葉に暑き日の射す

東日本大震災の津波の映像を見て

黒き水うねり広がり進み行く仙台平野をいたみつつ見る

東日本大震災の被災者を見舞ひて

大いなるまがのいたみに耐へて生くる人の言葉に心打たるる

東日本大震災後相馬市を訪れて

津波寄すと雄々しくも沖に出でし船もどりきてもやふ姿うれしき

共に喜寿を迎へて

五十余年《いそよとせ》吾《あ》を支へ来し我が妹《いも》も七十七《ななとせなな》の歳迎へたり

仮設住宅の人々を思ひて

被災地に寒き日のまた巡り来ぬ心にかかる仮住まひの人

第六十二回全国植樹祭 和歌山県

県木のうばめがしの苗植ゑにけり田辺の会場雨は上がりて

第六十六回国民体育大会 山口県

山口と被災地の火を合はせたる炬火持ちて走者段登り行く

第三十一回全国豊かな海づくり大会 鳥取県

鳥取の海静かにて集ふ人と平目きじはたの稚魚放しけり

皇后陛下御歌

歌会始　題「葉」

おほかたの枯葉は枝に残りつつ今日まんさくの花ひとつ咲く

手紙

「生きてるといいねママお元気ですか」文《ふみ》に項傾《うなかぶ》し幼な児眠る

海

何事もあらざりしごと海のありかの大波は何にてありし

この年の春

草むらに白き十字の花咲きて罪なく人の死にし春逝《ゆ》く

平成二十四年　御製

歌会始　題「岸」

津波来《こ》し時の岸辺は如何なりしと見下ろす海は青く静まる

心臓手術のため入院

手術せし我が身を案じ記帳せるあまたの人の心うれしき

仙台市仮設住宅を見舞ふ

禍《まが》受けて仮設住居に住む人の冬の厳しさいかにとぞ思ふ

即位六十年に当たり英国の君に招かれて

若き日に外国《とつくに》の人らと交はりし戴冠式をなつかしみ思ふ

沖縄県訪問

弾を避けあだんの陰にかくれしとふ戦《いくさ》の日々思ひ島の道行く

明治天皇崩御百年に当たり

様々の新しきこと始まりし明治の世しのび陵《みささぎ》に詣づ

第六十三回全国植樹祭 山口県

海近き開拓地なるきらら浜に県木あかまつを人らと植うる

第六十七回国民体育大会 岐阜県

小旗振りて通りて行ける選手らの笑顔うれしく手を振り返す

第三十二回全国豊かな海づくり大会 沖縄県

ちゆら海《チュラウミ》よ《ユ》願て《ニガティ》 糸満《イチュマン》 の《ヌ》海に《ウミニ》みーばいと《ミーバイトゥ》たまん《タマン》小魚《クイユ》放ち《ハナチ》

※琉歌

皇后陛下御歌

歌会始　題「岸」

帰り来るを立ちて待てるに季《とき》のなく岸とふ文字を歳時記に見ず

復興

今ひとたび立ちあがりゆく村むらよ失《う》せたるものの面影の上《へ》に

着袴の儀

幼な児は何おもふらむ目見《まみ》澄みて盤上《ばんじやう》に立ち姿を正す

旅先にて

工場の門《かど》の柱も対《つい》をなすシーサーを置きてここは沖縄《ウチナー》

平成二十五年　御製

歌会始　題「立」

万座毛《まんざもう》に昔をしのび巡り行けば彼方恩納岳《あがたおんなだけ》さやに立ちたり

あんずの里

赤き萼《がく》の反りつつ咲ける白き花のあんず愛でつつ妹と歩みぬ

大山《だいせん》ロイヤルホテルにて

大山を果たてに望む窓近く体かはしつついはつばめ飛ぶ

水俣を訪れて

患ひの元知れずして病みをりし人らの苦しみいかばかりなりし

皇居にて 二首

年毎に東京の空暖かく紅葉《もみぢば》赤く暮れに残れり

被災地の冬の暮らしはいかならむ陽《ひ》の暖かき東京にゐて

第六十四回全国植樹祭 鳥取県

大山の遠くそびゆる会場に人らと集ひて苗植ゑにけり

第六十八回国民体育大会 東京都

車椅子の人とならびて炬火を持つ人走り行く日暮れの会場

第三十三回全国豊かな海づくり大会 熊本県

あまたなる人の患ひのもととなりし海にむかひて魚放ちけり

皇后陛下御歌

歌会始　題「立」

天地《あめつち》にきざし来たれるものありて君が春野に立たす日近し

打ち水

花槐《はなゑんじゆ》花なき枝葉そよぎいで水打ちし庭に風立ち来たる

遠野

何処《いづこ》にか流れのあらむ尋《たづ》ね来し遠野静かに水の音する

演奏会

左手《ゆんで》なるピアノの音色《ねいろ》耳朶《じだ》にありて灯《ひ》ともしそめし町を帰りぬ

平成二十六年　御製

歌会始　題「静」

慰霊碑の先に広がる水俣の海青くして静かなりけり

神宮参拝

あまたなる人らの支へ思ひつつ白木の冴ゆる新宮《にひみや》に詣づ

来たる年が原子爆弾による被災より七十年経つを思ひて

爆心地の碑に白菊を供へたり忘れざらめや往《い》にし彼《か》の日を

広島市の被災地を訪れて

いかばかり水流は強くありしならむ木々なぎ倒されし一すぢの道

第六十五回全国植樹祭 新潟県

十年《ととせ》前地震《なゐ》襲ひたる地を訪ねぶなの苗植う人らと共に

第六十九回国民体育大会 長崎県

台風の近づきて来る競技場入り来たる選手の姿たのもし

第三十四回全国豊かな海づくり大会 奈良県

若きあまごと卵もつあゆを放ちけり山間《やまあひ》深き青き湖《うみ》辺に

皇后陛下御歌

歌会始　題「静」

み遷《うつ》りの近き宮居に仕ふると瞳《ひとみ》静かに娘《こ》は言ひて発《た》つ

ソチ五輪

「己《おの》が日」を持ち得ざりしも数多《あまた》ありてソチ・オリンピック後半に入る

宜仁親王薨去

み歎きはいかありしならむ父宮は皇子《みこ》の御肩《おんかた》に触れましししとふ

学童疎開船対馬丸《つしままる》

我もまた近き齢《よはひ》にありしかば沁《し》みて悲しく対馬丸思ふ

平成二十七年　御製

歌会始　題「本」

夕やみのせまる田に入り稔りたる稲の根本に鎌をあてがふ

第六十六回全国植樹祭

父君の蒔《ま》かれし木より作られし鍬を用ひてくろまつを植う

第七十回国民体育大会開会式

作られし鯨もいでて汐を吹く集団演技もて国体開く

第三十五回全国豊かな海づくり大会

深海の水もて育てしひらめの稚魚人らと放つ富山の海に

戦後七十年に当たり、北原尾《きたはらお》、千振《ちふり》、大日向《おおひなた》の開拓地を訪《と》ふ

開拓の日々いかばかり難《かた》かりしを面《おも》穏やかに人らの語る

新嘗祭近く

この年もあがたあがたの田の実りもたらさるるをうれしく受くる

皇后陛下御歌

歌会始　題「本」

来《こ》し方《かた》に本とふ文《ふみ》の林ありてその下陰に幾度《いくど》いこひし

石巻線の全線開通

春風も沿ひて走らむこの朝《あした》女川《をながは》駅を始発車いでぬ

ペリリュー島訪問

逝《ゆ》きし人の御霊《みたま》かと見つむパラオなる海上を飛ぶ白きアジサシ

ＹＳ11より五十三年を経し今年

国産のジェット機がけふ飛ぶといふこの秋空の青深き中

平成二十八年 御製

歌会始　題「人」

戦ひにあまたの人の失せしとふ島緑にて海に横たふ

第六十七回全国植樹祭

山々の囲む長野に集《つど》ひ来て人らと共に苗木植ゑけり

第三十六回全国豊かな海づくり大会

鼠ヶ関《ねずがせき》の港に集《つど》ふ漁船《いさりぶね》海人《あま》びと手を振り船は過ぎ行く

第七十一回国民体育大会開会式

大いなる災害受けし岩手県に人ら集《つど》ひて国体開く

平成二十八年熊本地震被災者を見舞ひて

幼子の静かに持ち来《こ》し折り紙のゆりの花手に避難所を出づ

満蒙開拓平和記念館にて

戦の終りし後《のち》の難《かた》き日々を面《おも》おだやかに開拓者語る

皇后陛下御歌

歌会始　題「人」

夕茜《ゆふあかね》に入りゆく一機若き日の吾《あ》がごとく行く旅人やある

一月フィリピン訪問

許し得ぬを許せし人の名と共にモンテンルパを心に刻む

被災地熊本

ためらひつつさあれども行く傍《かたは》らに立たむと君のひたに思《おぼ》せば

神武天皇二千六百年祭にあたり　橿原神宮参拝

遠つ世の風ひそかにも聴くごとく樫の葉そよぐ参道を行く

平成二十九年　御製

歌会始　題「野」

邯鄲《かんたん》の鳴く音聞《ね》かむと那須の野に集《つど》ひし夜をなつかしみ思ふ

第六十八回全国植樹祭

無花粉のたてやますぎを植ゑにけり患ふ人のなきを願ひて

第七十二回国民体育大会開会式

会場の緑の芝生色映えてえひめ国体の選手入り来る

第三十七回全国豊かな海づくり大会

くろあはびあさりの稚貝《ちがひ》手渡しぬ漁《すなど》る人の上思ひつつ

ベトナム国訪問

戦《いくさ》の日々人らはいかに過ごせしか思ひつつ訪《と》ふベトナムの国

タイ国前国王弔問

亡き君のみたまの前に座りつつ睦《むつ》びし日々を思ひ出でけり

皇后陛下御歌

歌会始　題「野」

土筆《つくし》摘み野蒜《のびる》を引きてさながらに野にあるごとくここに住み来《こ》し

旅

「父の国」と日本《にっぽん》を語る人ら住む遠きベトナムを訪《おとな》ひ来たり

第二次大戦後、ベトナムに残留、彼地に家族を得、後、単身で帰国を余儀なくされし日本兵あり

名

野蒜《のびる》とふ愛《いと》しき地名あるを知る被災地なるを深く覚えむ

南の島々

遠く来て島人《しまびと》と共に過ごしたる三日《みっか》ありしを君と愛《かな》しむ

平成三十年　御製

歌会始　題「語」

語りつつあしたの苑《その》を歩み行けば林の中にきんらんの咲く

第六十九回全国植樹祭

生ひ立ちて防災林に育てよとくろまつを植う福島の地に

第七十三回国民体育大会開会式

あらし迫る開会前《まへ》の競技場福井の人ら広がりをどる

第三十八回全国豊かな海づくり大会

土佐の海にいしだひを放つこの魚《うを》を飼ひし幼き遠き日しのぶ

沖縄県訪問

あまたなる人ら集ひてちやうちんを共にふりあふ沖縄の夜

西日本豪雨

濁流の流るる様を写し出だすテレビを見つつ失せしをいたむ

皇后陛下御歌

歌会始　題「語」

語るなく重きを負《お》ひし君が肩に早春の日差し静かにそそぐ

与那国島

与那国の旅し恋ほしも果ての地に巨《おほ》きかじきも野馬《のうま》も見たる

晩夏

赤つめくさの名ごり花《ばな》咲くみ濠べを儀装馬車一台役《やく》終《を》へてゆく

移居といふことを

去れる後《のち》もいかに思はむこの苑《その》に光満ち君の若くませし日

平成三十一年 御製

歌会始 題「光」

贈られしひまはりの種は生え揃ひ葉を広げゆく初夏の光に

皇后陛下御歌

歌会始 題「光」

今しばし生きなむと思ふ寂光に園《その》の薔薇《さうび》のみな美しく

第二部

鑑賞

座談会

両陛下のお歌を鑑賞する

写真＝但馬一憲

初出＝「短歌研究」平成三十一年一月号

芳賀 徹（比較文学者）
園池公毅（歌会始披講諸役）
寺井龍哉（歌人）
今野寿美（歌人・進行役）

今野寿美氏

寺井龍哉氏

園池公毅氏

芳賀徹氏

歌会始の成立ちと披講の場

今野　二〇一九年四月末をもって平成が終わり、今上天皇が退位されます。その大きな節目を前に平成三十年間の御製《ぎょせい》（大御歌《おおみうた》）と皇后様の御歌《みうた》を振り返りたいと思います。合わせて、両陛下が国民にお心を伝えられる形が短歌という伝統詩型であること、またそれが披講《ひこう》という独特の様式をもってなされていることについてもお話を伺いたいと思います。御製と御歌によって歌の言葉はどんな意味を持つことになったのか、ぜひ思うところをお聞かせいただきたいと思います。

　歌会始は明治年間から宮中の新年行事の一番最後として毎年一月半ばに位置づけられているそうです。本日は、歌会始で長年にわたり発声《はっせい》という役目をお務めの園池公毅さんにいらしていただきました。まず園池さんに、披講や発声というお役目について教えていただきたいと思います。お願いいたします。

園池　よろしくお願いいたします。私は短歌を専門としているわけではありませんので、歌会始に関することを中心にお話しいたします。まず簡単に私の経歴を申し上げますと、昭和五十六年に、短歌を声に出して読み上げる披講の練習を始めました。私の父や祖父はやっておりませんでしたので、その当時、披講会で発声などをなさっていた杉溪陽言さんに習いました。歌会始の披講諸役は、宮内庁の式部職の嘱託という形で辞令が出ます。私は昭和五十八年に辞令をいただきまして、翌年の歌会始に初めて参列しました。テレビ中継ではアナウンサーが披講された歌の解説などをしていますけれども、実際の歌会始の場では解説も何もありません。まったくの静寂のなかで、「今始めます」などの合図さえなく、コンコンというノックの音だけでいろいろなことが動いていきます。その静寂の中で、講師《こうじ》が「年の始めにーーぃ」と、端作《はしづくり》という、新年に天皇陛下のために詠まれた歌であるという意味の言葉を読み上げて、歌会始の披講が始まります。

芳賀　「年の始めに」というのは、毎回決まっているんですか？

園池　それは決まっています。題が入りまして、そこだけが違いますがいつも同じ歌い始めです。来年であれば「光」ですから、「年の始めにーーぃ、同じくーーぅ、光りーーぃ、ということを、仰せごとによりて、詠める歌」という感じです。「同じく」というのは同じ題で詠んだということですね。その後にお歌が披講されます。

　講師は、節をつけずに、最後の音を伸ばして読み上げて、その歌の意味を伝えます。次に発声が節をつけて初句を歌うと、二句目、三句目、四句目、五句目は四名の講頌《こうしょう》が加わって、合唱形式で歌われる。講師の読み上げと、発声と講頌による披講とで、それぞれの歌が二回ずつ繰り返されます。

今野　私も初めて陪聴で伺ったとき、始まりの挨拶も何もないのが印象的でした。両陛下がお入りになるときのコンコンというノックの音で始まりますが、そのあともまったくの静寂のなか靴の音だけが響いて、独特の緊張感がありました。歌会始の披講をなさるのはほとんど元華族の方々と言ってよろしいでしょうか。

園池　そうですね、はい。

芳賀　園池家も遡ると公家ですね。

今野　家々に伝わっているのでしょうか。

園池　江戸時代までは公家が務めていたのですけれども、明治十年ごろに改革があって、服装も洋装令が出てそれまでは昔ながらの装束だったのが洋装になった。それに応じて歌会始も、それまで公家が独占していた披講諸役に、今で言うところの楽部、音楽を専門とする宮内省の職員が入って、一時は講頌から公家が姿を消しました。その際に、明治天皇が歌会始について「たまには公家の声も聞きたい」とおっしゃった。その後、また公家が中心の披講諸役に戻って、今に至っていると伝えられています。

芳賀　発声の調子はいつからですか。

園池　かなり昔から伝わっているんですが、たしかなことは分かりません。大正の披講の音源がレコードで残っているんですけれども、明治以前の音源は残っていないんです。明治十年あたりの改革で少し変化したものが今の宮中に伝わっているではないかと思います。

今野　たとえば京都で冷泉家が披講をするときは女声です。歌会始は必ず男声ですね。そこはやはり一定の決まりがあってのことですか。

園池　今の歌会始の披講は綾小路流で、京都に伝わる冷泉流とは別の流派です。主な流派はその二つです。冷泉家は歌のお家で和歌を専門とされていたんですけれども、綾小路家はもともと楽の家です。ですから綾小路家のほうが、たとえば音程はこのぐらいなどと細かく言う。

芳賀　冷泉家は冷泉流で、宮中と違うんですか。聞いていても、はっきりとは違いを感じられませんね。

今野　あの節回し、音楽性についても伺いたいのですけれども、雅楽とつながりがあるんですね。

園池　直接のつながりはなかったと思うのですが、楽の家である綾小路家が受け継いだときに、もともとの楽の影響がどうしても出たんじゃないかと。先ほどの女声の披講について言えば、音の高さが決まっていると、男声と女声が一緒に披講するのは難しい。

今野　園池さんは、実は生物学がご専門の早稲田大学教授で、両立させていらっしゃいます。教えは口伝だということですが、どのようにされるんですか。

園池　基本的には、口伝です。披講譜という、譜面に起こしたものもあります。楽で使われる、壱越《いちこつ》などの昔ながらの調子で音の高さを表して、節回しを曲線や棒で示したものです。ただ、それだけを見てもできるものではありませんけれどもね。

今野　壱越というのは、日本音楽の十二律の一つですよね。

芳賀　今こうやって話していらっしゃる声の調子と、披講のときの声と、まるで違うでしょう。

今野　音を伸ばされますしね。肺活量も必要なのでは。

芳賀　謡《うたい》もそういう上げ下げとかあるでしょう？　そういう感じですか？

園池　雰囲気としてはそうですね。

今野　歌会始に選者として伺ったのは、まだ私は四回ですが、比較文学の第一人者でいらっしゃる芳賀先生は平成二十六年に召人のお役目でいらっしゃいました。

芳賀　その少し前に一度、陪席しているんです。作家のリービ英雄さんと一緒に。リービさんは「ファンタスティック」と言っていました。

今野　芳賀先生は外国にもいらっしゃって、外国の公の場、儀式で外国語の詩が朗読されるというところも体験なさっていますね。外国語の詩は韻を踏んでいますから音楽的な要素がはじめからあるのかもしれませんが、日本の歌はやはり読む、朗読するということになりますね。

歌会始の披講は、最初に講師が読むところから、発声が節をつけて歌うところへ、同じ場であるけれども、すっとシフトする感じがします。

芳賀　歌うといいますか、詠むといえばよいのですか。

園池　詠ずるという言い方をよくします。

今野　詠ずるの「詠」はうたうと読みますね。歌はそもそも詠ずるものだったということ、そこは日本の伝統としてすごく面白い。メロディという西洋音楽の旋律とは明らかに違うんですが、そもそも日本の音階は、西洋と違いますよね。

芳賀　西洋で詩を歌にして歌うのはいつからでしょう。十六世紀のロンサールの詩なんか歌になっていない。十九世紀のドイツのリートとかからですかね。シューベルトの歌曲、「菩提樹」や「鱒」。

園池　シューベルトなどの場合は、言葉とメロディが一対一に対応しているんですね。日本では披講のほかに朗詠というのがあります。いわゆる漢詩を朗詠するものです。この漢詩の朗詠は、詩と旋律が一対一に対応しているんです。詩によって旋律が決まっていて、別の漢詩をその同じ旋律に乗せるということはしない。披講はそうではなくて、五七五七七の定型に対して節回しが決まっているので、言葉が変わっても全部同じ節回しです。

実際には節回しは二種類で、甲調、乙調というのがあります。それに加えて、甲調と同じ節回しで音を高くした上甲調があって、合計三種類。歌会始では最初の六首ぐらいを甲調で読み上げて、乙調でまた六首ぐらい。そのあとに上甲調が入る。皇族代表の方と皇太子妃殿下のお歌が上甲調で、皇太子殿下のお歌を甲で納めるというのが一連の流れです。

両陛下はいわば別扱いで、皇后陛下の御歌は、乙調で二回繰り返します。そして天皇陛下の御製は上甲調、上

天皇、皇后両陛下、皇族方が出席されて行われた「歌会始の儀」2017年1月13日、松の間。（共同通信社）

甲調、甲調という形で三回繰り返します。

今野　男声の斉唱ですのでグレゴリオ聖歌を連想したりもします。天皇陛下の御製については三回ですが、一回目の一首の結びを講頌が発していらっしゃるところに、かぶせるように発声の方が二回目を発せられますね。すごく音楽的で輪唱のようになるんですね。その場で聞いていると熱くなるんです。最高潮の盛り上がりとなって、それが最後で終わります。演出という側面もあるんでしょうか。

園池　本来は、すばらしい歌を繰り返し鑑賞するという意味です。懐紙を扱う読師という役回りがあります。声は出さないですがこの読師が披講諸役の中でいわば一番偉いんですね。実際には例はなかったと思うんですけれども、口伝では、読師《どくじ》が懐紙を開いて、これは披講するに値しない歌だと判断したら飛ばしてもかまわない。

芳賀　それは、すごいね。

園池　三回繰り返すのはそれとは逆に、披講された歌を聞いて、これはいい歌だということで読師が「もう一返し」とそれを繰り返させる。

今野　今うかがったようなことは、その場にいてもわかりませんし、寺井さんは、歌会始はテレビでご覧になったことがあるということですが、新鮮でしょう。

寺井　その場にいる人たちは歌を音だけで理解しなければいけないというのは、すごく面白いと思います。

芳賀　全部理解できてるかどうか。手元に資料もなにもないですから。新聞を見て、ああ、こうだったかとわかる。天皇陛下の御製のように、三回聞けばわかりますが。天皇陛下の御製はわりとわかりやすい。

今野　でも芳賀先生、私たちもその場で耳から入って初めて、ことしはこういう御製、御歌だと知るんですね。そのときの新鮮さ、題に基づいて、こういうことをこんなふうに歌にされたと思うとき、やはりひびくものがあります。

芳賀　いまやはり選者をされている永田和宏さんは、歌に現代語、日常語を使うでしょう？「寝過ごしちまった」とか。（「百年ばかり寝すごしちまつた頸《くび》を立て亀は春陽に薄き眸《め》を開《あ》く」平成二十四年「立」）ああいうのは披講できる？

寺井　文語で作られた歌を披講するのが普通だとは思うけれども、口語であっても同じ披講なんですか。

園池　ええ。歌にしてしまえば披講自体には問題ないのです。ただ、場合によって聞いていて意味がとりづらくなるというのはもしかしたらあるかもしれません。

芳賀　五七五ではなくて、五六五なんて破調の場合は。

園池　字余りもそれほど難しくはない。ただ、字足らずは難しい。

今野　つまずいちゃう。大岡信さんが召人を務められたときに、「e《イー》メイル」と当時出始めたばかりのeメールを歌に入れてて、あれは大変だったと伺いました。（「いとけなき日のマドンナの幸《さつ》ちゃんも孫三たりとぞe《イー》メイル来る」平成二十六年「幸」）

芳賀　わざとやったね、彼は（笑）。今ならスマホとか。

園池　たしか、懐紙に書かれた「e」がアルファベットのeでした。たぶん、歌会始の懐紙にアルファベットが載ったのは後にも先にもあれが一回限りです。

今野　懐紙は歌を出すご自身が、事前にお書きになります。男性は、最後に三文字、万葉仮名を使うなど、細かい規定があります。

芳賀　宮内庁から大高檀紙という凸凹のある紙を五枚頂いてね。紙の表がぼこぼこで、滑らかになんか書けないのね。あれに書くのは大変でした。天皇陛下に献上するんだから墨汁では畏れ多いだろうと思っていちいち墨を磨って書きました。墨をものすごく吸いとる紙なんですね。

今野　表と裏を間違えると書き直さなければならないらしいです。宮内庁の方がちゃんと表に付箋をつけてくださって。

芳賀　それから行分けが。五七五七まではいいけど、結句の七は三四か四三かに分けて、最後に万葉仮名を使うようにと。僕は、万葉仮名がわからなくて、慌てて『万葉集』を開いて調べたんです。

今野　男性だけなんです、女性はそういう決まりはないんです。非常に戸惑いました。

園池　実は、懐紙で残っているのは江戸期まではほとんどが男性のものなんです。短冊は女性のものがあるんですけれども。明治になって歌会始に皇后陛下の御歌や女性皇族のお歌が出るようになったときに、どういうふうに書くか、初期は試行錯誤があったようです。女性の皇族が男性の懐紙と同じように最後を三行三字で万葉仮名で書いた懐紙も残っています。やはり明治十四年ぐらいまでにだいたい落ちついて、女性の懐紙は今見られるような散らし書きになっています。

芳賀　散らし書きというのは？

園池　要するに自由に書くということですね。

今野　どこで区切ってもいいと。それに必ず題を書かなければいけないんですが、そのお題についても伺いたいと思います。今までと重なってもいいそうなんですが、選者たちも題を出し合うんですね。そこから宮内庁で絞った上で天皇陛下にお目にかけて、最終決定は陛下がなさるんですね。慎重にお考えになって決定されるんだそうです。天皇陛下が決定されて国民へ下されると、それに応じて全国から歌が詠進されるわけです。題を天皇がお決めになって、私たちはそれに応ずる。両陛下もその題で歌をお詠みになる。題によって、呼応関係と言っていいような、両陛下と国民との関係が築かれるのを感じます。

芳賀　明治の歌御会始以来の題は、全部わかるわけですね。それは重なってもいいんですか？

園池　来年の「光」というお題はたぶんもう三回目です。

今野　明治十年あたりに歌会始がいろいろに改定されたと伺いましたけれども、森鷗外の短歌について調べていたのですが、『鷗外全集』十九巻の短歌の部の最初に、短冊に書いて妹の小金井喜美子に渡したという一首があります。明治十三年ではないかという脚注があって、喜美子が大切に残していた短冊らしいんです。「庭上鶴馴」というお題がついていまして、何と読むんだろうと調べていましたら古い資料の中に、これは勅題であると出てきたんです。天皇が下されるお題です。そこで結局、歌会始委員会の方にお尋ねしてみましたらすぐにお返事くださいまして、確かに明治十三年の歌会始のお題だとわかった。漢字四文字で、その時代はそういう題もあったらしいんですね。

園池　昭和の戦前までは一字題ではなく、ずっとそういうお題でした。

今野　入り組んでいる題なんですね。「庭に鶴馴れたり」と読むそうです。明治に入って、華族、士族、官位ある者についても詠進が許されるようになったそうです。ただ、「森林太郎」が詠進したという事実はないんだそうです。鷗外、当時はまだ医学生なんですね。いろいろなことがわかってきまして面白かったんです。

一つには当時はそういう本格的な和歌の題がほとんどであったということと、それからもう一つは、勅題に基づいてそうやって国民みんなが詠進しないまでも歌を作ったということ。

鷗外は津和野で福羽《ふくば》美静《よししず》に歌を習っているんですね。

津和野藩が廃藩になって鷗外は東京に出てくるんですが、福羽美静も宮内省の歌道御用掛になったということです。当時、歌は和歌でしたから師匠について習っていた。そういう中で、まずは勅題で歌を詠みましょうと。

芳賀　それは明治になってからさかんにされるようになったんでしょうか。

今野　明治に入ってからも、明治二年の歌会始は京都でなされたとありますね。

芳賀　そのころはまだお公家さんだけでしょうね。後鳥羽上皇の歌会みたいに。明治になって初めて一般の人が勅題を知るようになったのは、新聞に勅題が出るようになってからですか。

今野　明治十五年以降は御製と選ばれた歌まで新聞に載ったということが書いてありました。

園池　宮内卿徳大寺實則の名前の布達でもって詠進を一般に許可されたのが明治七年です。明治二年は御代始の歌会で公家だけでやったときには百首集まったのが、その明治七年には四千百三十九首集まった。

今野　ああ、そんなに増えたんですね。

園池　ただ、そのときは、詠進は許可されたけれども、選ばれて披講されることはなかったんですね。それが明治十二年からは一般からの詠進も選に預かると披講することになった。

今野　入選と言わないんですね、預選歌と言いますね。選に預かると。

芳賀　一般というのは、どこかの農民とか、酒屋の旦那とか、本当に誰でもいいんですね。それはすごい。神宮外苑の聖徳記念絵画館に明治二十三年の「歌御会始」の様子を描いた巨大壁画があります。当時の様子がうかがえます。

今野　では、この中でとびきり若い寺井龍哉さん。寺井さんのご専門は上代だということで、歌の発生にまで遡るようなところです。今、月刊誌「現代短歌」で「歌論夜話」という連載もされて、荷田在満の一節にこだわりながら国歌八論について書き継いでいて、私も愛読しております。

寺井さんにぜひお聞かせいただきたいのですが、『古今集』の真名序で、素戔嗚尊が「八雲立つ　出雲八重垣……」と詠む。歌の発生についてはその一説に限らないわけですが、三十一音に綴られているこれこそ歌だと真名序は言っています。それ以来、脈々と続いている歌は、現代においても天皇が国民に向けて発する言葉となっています。それは御製の成立と結びつきが強くあると思うんですが、詳しく教えていただけますか。

寺井　御製という言葉はたとえば『万葉集』にも出てきますね。

今野　御製を「おほみうた」とか。読み方はいかがですか。

寺井　「つくりませる御歌」などと言うことはありますが、漢字の読み方は確定はできません。

芳賀　額田王の歌も御製ですか？

寺井　額田王は御製とは言いません。御製はあくまでも天皇のお歌です。『万葉集』で最初に出てくる「御製」という言葉は、冒頭歌「こもよみこもち」の雄略天皇です。この頃の御製の特徴として、天皇の特別性を強調する、ということがあるようです。雄略の「名告らさね」もそうですし、その後の舒明の国見歌の「海原は　かまめ立ち立つ」という表現も、香具山から海原は見えないはずですから、普通の人には見えないはずのものが天皇には見えるんだという歌です。

芳賀　国見の最初期の歌。神武天皇にもあるね。大和盆地の南の峠に来て、四方の山々が蜻蛉《あきつ》のつがいのようにつながっている。ああ、なんと美しい国かと。真ん中を川が流れてね。それでまず大和が秋津島と呼ばれるようになった。

寺井　それを全部、天皇が見渡していて、自分が国土を掌握している、ある種の支配しているんだという調子が、特に初期の『万葉集』にはあるような気がします。

芳賀　それは『古事記』、『日本書紀』以来の伝統ですか。

寺井　つながっていると思います。今の天皇陛下の御製などを見ているとそういう部分はまったく違って、支配や掌握という面がごく弱められていると感じます。

芳賀　でも詳しく読んでいくと天皇はやはり国全体をいつも見晴らしていらっしゃる。それから日本と世界との関わりをうたっておられる。美智子さまもそうだけど天皇陛下のほうがはっきりとあります。だから、自分の国土にこういう災害があった、地震があった、津波があったという歌になる。

寺井　もちろんそうですが、平成の両陛下の歌は、ともに同じ国に住んでいる存在だという視点で詠われているところがあるように思います。支配と被支配といった関係は薄められています。

今野　本当に、掌握するというのではなくて、国を思う、国の人々に思いを向けるという、そういう方向ですね。

芳賀　まあでも平等じゃない。それは天皇の歌に、ずっと伝わっている、生きている伝統ね。国民のよろこびや痛みを思う。

寺井　少しずつ、でもそれが変遷していますよね。

芳賀　弱くなったり強くなったりはするけど、明治天皇は非常に強かった。

園池　上古の天皇の実際の行動範囲はどのぐらいだったんでしょう。海を見たことはあるぐらいですか。

寺井　方々に出かけるのは難しかったと思いますが、吉野に何度も出かけるなどはしていますね。海は見たことはあるのではないかと思います。

芳賀　国見の場所、さっきの「海原は　かまめ立ち立つ」は香具山で決まってるわけですね。大和盆地のどこか。

寺井　またたとえば『万葉集』の防人の歌など、中央から貴族ではない者に歌を献上させるというのとは、現在の御製や歌会始のあり方とはずいぶん違います。一つは、題を共有するというのが大きいのかと思いました。

芳賀　あれは本当に防人が作ったんですかね。大伴家持が適当に丸めたというのではないんですね。

寺井　という説もありますが、でも防人がある程度は作ったんだろうと考えられています。

今野　防人に出させたというような、それははっきりと家持が収集した記録がありますよね。

芳賀　まあ、素朴だしね。あのころ、紙がないから木簡、竹簡ですか？　防人なんか、字が書けた？

寺井　木簡、竹簡で出されたと思います。防人が口に出したものを貴族が筆録したのかもしれないですし、実態はやはりわからないところです。

芳賀　面白いね。本当に民草の歌を集めた。そういうのは日本だけですよね。朝廷貴族などやお役人たちの歌はあるけれども、町や村の男や女たちの歌なんて、恋人たちや親子の歌ぐらいしかないよね。古代中国で孔子様が集めた「詩経」から、『万葉集』や『古今集』への影響はあるでしょうね。

寺井　そうですね。「詩経」などからは影響はあるでしょう。古代の天皇の御製と、今の天皇陛下の御製の性格が変わってきているのは、伝統的に受け継がれてきた和歌に、写生や、象徴を用いた詩法などの近世や近現代の歌の作り方が少しずつ取り入れられているからでもありますね。

芳賀　『古事記』のころから、歌は尊いものだとされてきた。言霊が歌に凝集されている。それは防人が歌を作っても同じことですね。

寺井　そうですね。普通の日常の言葉とは違うものです。韻文にした時点でほかとまったく違う能力みたいなものが備わってくる。

芳賀　その霊の力を解き放とうというのが発声ですね。

園池　そうでしょうね。まずは頭で歌を作ると思うんですけれども、歌を声に出した時点で力を持つ、そういうイメージはあります。

芳賀　そうすると大役ですね。歌に魂を吹き込んで、命あるものに蘇らせる。

寺井　歌論書でも繰り返し言われるのは、歌は口に出して言うものだということです。現在の短歌や文芸の世界では、漢字や平仮名の書き分けだとか、視覚的な文字の表現比重が相当に大きくなっています。一方、歌会始は音だけで入ってくるので、その字面をそれぞれが自分の中で再現しなければいけない。それが繰り返し読まれるということは、自分の中でまた再生産していくということですね。歌が持つ特別な力を身体的に享受するということにもなるのでしょう。

芳賀　そういえば、そういう言葉の音やリズムの力というのは俳句になるとない、とまでいわなくてもずっと弱くなるでしょう。

今野　やはり歌というのは述べる詩型で、俳句は述べませんよね。もう根本的な違いです。だから、天皇陛下が俳句でお心を発せられるということはありえないですね。歌でないと。

芳賀　宇宙的なコスミックなものを捉えるには短歌よりも俳句のほうが強い。ぎゅっとつかむ。俳句は過度に抒情的であってはいけない。歴史など語ってはいけない。哲学もだめ。それから愛国主義もだめ。ものに即して一瞬の宇宙の生命を捕まえる。

今野　先ほど、明治天皇は国を掌握するという話も出たんですけど、ちょっと面白い記事をご紹介します。与謝野鉄幹が明治三十三年四月に創刊した雑誌「明星」に、時評的な文章を鉄幹自身の署名で書いています。明治三十三年六月、創刊第三号の「歌壇小観」の記事です。何点か挙げているんですが、最初に、「畏多いことであるが仄かに承る所では、両陛下の御製は日々二十首以上三十首を遊ばすとのこと」であると。「両陛下の御製」ですから、天皇・皇后両陛下それぞれにということだと思います。二十首以上、三十首を日々あそばすというのですからすごい数です。確かに明治天皇は何万首もの歌を残されているといいますから。

次に「皇太子殿下の御歌は主上陛下が親しく御筆を加へさせ給ふと承る」と。天皇自ら皇太子の歌を、添削でもなさるのか、筆をお入れになる。それから次の一点です。「両陛下の御製に就て恐懼感喜措く能はざることを洩れ承つた。夫は我々草莽の匹夫が想像し奉る所に反して、御製と申す御製が総て現在の人事に渡らせせられ、貧女、小学教師、人力車夫、病兵と申す如き下民の疾苦を思召された御題ばかりで、花鳥風月の御製に至つては殆ど遊ばされぬと申すことである」。印象がずいぶん違ってくると思うんです。明治天皇の御代から、人々を歌に詠まれる、思いをそちらに向けていらっしゃるということが何らかの形で伝わっていたということなんですね。その姿勢が今の時代にもつながっているんだと思います。

天皇皇后両陛下のお歌を鑑賞する

今野　具体的な作品を挙げながらお話を伺うことにしたいと思います。まずは歌会始の御製からまいりましょう。

平成四年歌会始　題「風」御製

白樺の堅きつぼみのそよ風に揺るるを見つつ新年《にひどし》思ふ

芳賀　皇居の白樺林をご覧になったのでしょうか。今はまだ堅いつぼみが、花というより葉でしょうかね、これからこのつぼみが新しい年の風に吹かれて広がっていくのだろうと。未来を含んでいますね。白樺といえば美智子さまの御印《しるし》ですから、美智子さまへの思いが入っています。

天皇陛下御製

平成四年
第十二回全国豊かな海づくり大会

荒波の寄せ来る海に放たれしひらめはしばし漂ひ泳ぐ

平成十年　第十八回全国豊かな海づくり大会

細き葉のあまもの苗を手渡しぬ稚魚を育《はぐく》む藻場《もば》になさむと

平成十三年　アフガニスタン戦場となりて

カーブルの戦《いくさ》終りて人々の街ゆくすがた喜びに満つ

平成十四年　葉山御用邸

年まさる二人の孫がみどり児に寄りそひ見入る仕草愛らし

平成十六年

顕微鏡に向かひて過ごす夏の夜の研究室にかねたたき鳴く

平成十九年
リンネ生誕三百年にあたりウプサラを訪ふ

二名法作りしリンネしのびつつスウェーデンの君とここに来たりつ

平成二十一年　御所の庭にて

取り木して土に植ゑたるやまざくら生くる冬芽の姿うれしき

平成二十二年
虫捕りに来し悠仁に会ひて

遠くより我妹《わぎも》の姿目にしたるうまごの声の高く聞え来《く》

平成二十三年
東日本大震災の津波の映像を見て

黒き水うねり広がり進み行く仙台平野をいたみつつ見る

皇后陛下御歌

平成十年　うららか

ことなべて御身《おんみ》ひとつに負《お》ひ給ひうらら陽《び》のなか何思《なにおぼ》すらむ

平成十三年

知らずしてわれも撃ちしや春闌《た》くるバーミアンの野にみ仏在《ま》さず

平成十七年　サイパン島

いまはとて島果ての崖踏みけりしをみなの足裏《あうら》思へばかなし

平成二十年　北京オリンピック

たはやすく勝利の言葉いでずして「なんもいへぬ」と言ふを肯《うべな》ふ

平成十三年歌会始　題「草」御製

父母の愛《め》でましし花思ひつつ我妹《わぎも》と那須の草原《くさはら》を行く

芳賀　「父母」とは昭和天皇と皇后ですね。「父母」と天皇がお呼びになるのがいいですね。昔の天皇は「父母」なんて呼ばないでしょう。「我妹《わぎも》」は美智子さま、「我妹《わぎも》と那須の草原《くさはら》を行く」という。

天皇の御製はいつもなにか頑張っていらっしゃる。大所高所から日本国民を、国を、国難を、それから世界を見張っていらっしゃる。明治天皇などとやはり似ていらして、国民の指導者というお心持ちがおありになる。それから、絶えず、本当によく国民のことを心配していらっしゃる。天皇の御製の半分以上は、地震、洪水、ハンセン病、それから水俣病など、現地をお見舞いなさったという歌です。その中にあってこの「父母の愛《め》でましし花思ひつつ我妹《わぎも》と那須の草原《くさはら》を行く」という御製はほっとしていらしているような感じがあって、いいなあと思います。

平成十四年歌会始　題「春」御製

園児らとたいさんぼくを植ゑにけり地震《なゐ》ゆりし島の春ふかみつつ

芳賀　平成七年におきた阪神淡路大震災の被災地で園児らと泰山木を植えたことを思い出されたというお歌ですね。「たいさんぼく」を平仮名でお書きで、幼稚園の子どもたちが漢字がわからないで言っている感じも伝わって、御製にしては柔らかい感じが出ています。明治天皇や昭和天皇ではここまでいかない。僕は召人になったときに「子も孫もきそひのぼりし泰山木暮れゆく空に静もりて咲く」を詠進しました。「泰山木」は字余りですので、はじめは泰山樹としたんです。そうしたら宮内庁のほうから「これは泰山木でよろしいでしょう」と言われた。あ、なるほどそれでいいのかと。

平成二十六年歌会始　題「静」御製

慰霊碑の先に広がる水俣の海青くして静かなりけり

芳賀　私が召人になった年です。水俣病とは言わなくても「慰霊碑」、「先に広がる水俣の」ですから有明海ですね。ようやく海がきれいに戻って、もう波も立たず「海青くして静かなりけり」と。この「静か」という言葉を重く、大きく、大事に扱っていらして、さすがです。

今野　芳賀先生が三十年間を見渡すように語ってくださいました。寺井さんのお話にあった上代の天皇のお立場で国見をするような趣といいますか、それが平成四年の「そよ風に揺るるを見つつ新年《にひどし》思ふ」でしょう。白樺の芽吹きですから、視点はすごく小さいですよね。だけれどもやはり、みんな一緒に新年を迎える、そんなふうにお詠みになっている。それから、戦争の慰霊の旅もそうですけれども、平成の三十年間はそういう一つ一つの積み重ねの軌跡の中で、うたい方も広くなっていく。さきほど寺井さんが広く人々に向けてうたわれているとおっしゃった、そんな流れを感じます。

寺井　そうですね。

園池　「白樺」の御製は、結句の「新年《にひとし》思ふ」がそこはかとない不安を感じさせます。御製はどっしりとして終わることが多い気がしますが、この歌は例外的な終わり方の気がします。いいことばかり思っていらっしゃるわけではないんじゃないかという感じを受けました。

芳賀　ちゃんとつぼみが開いてくれるかな、という。

今野　そういう心情も天皇は添えられるものでしょうかね。

寺井　新年の賀歌というと、「新しき年の始めの」など伝統的な決まり文句がありますから、「新年《にひとし》」という言い方は賀歌らしくないところも少しある。そういう意味では、園池さんがおっしゃった少しの不安というのもわかります。

芳賀　僕は、「白樺」というのはどうしても美智子さまのことだと思うから。今年もまた一緒に暮らしていけるなと。

平成六年歌会始　題「波」御製

波立たぬ世を願ひつつ新しき年の初めを迎へ祝はむ

園池　典型的な御製だと思います。たとえば明治天皇の御製だと言われたら、そうかと思うぐらい。

芳賀　「波立たぬ」というのは、昭和天皇も詠まれてませんでしたか。波が騒がないよう私は願っているとうたわれた。

園池　明治天皇にもあります。さらに、調べたら亀山天皇にも同じような歌があるくらいで、これは一つの典型です。

寺井　「新しき年」もすごく晴れがましい感じで、典型だというのはよくわかります。でも、「波立たぬ世を願ひつつ」などという言い方が、やはり、広く海原を見渡すように世の中を見渡している感じがする。典型の通りに詠まれることが安心感をもたらすという効果も、天皇陛下の御製としては大切な役割だと思います。

今野　平成には地震、噴火、水害といろいろありました。平成は災害の御代だと言われたりします。沖縄へは皇太子時代も含めれば現在までに十一回訪問されていますが、天皇になられてから平成五年が初めてのご訪問でした。平穏を願うというのはもうそのままのお心でしょうね。祈りのような意味を読みたくなりました。

平成八年歌会始　題「苗」御製

山荒れし戦《いくさ》の後《のち》の年々《としどし》に苗木植ゑこし人のしのばる

今野　植樹祭にも必ずお出になっていらっしゃいます。戦後も営々と木を植えてきた人たちがいて、緑も増えつつあって、やっとこんな世の中になったと、見守っているご自分の立場で喜ぶところと、苗木を植えてきた人々をねぎらうようなお気持ち。天皇のお立場をそのままお出しになったような歌です。穏やかなうたいぶりで、人々に常に心を向けていますよという語りかけを感じます。

芳賀　「植ゑこし」というところ、親から子、孫へとつながっていきますね。

今野　「苗」というのはいい題ですね。

園池　歌会始でこの御製をうかがったときに思い出したのは、昭和天皇の「わが国のたちなほり来し年々にあけぼのすぎの木はのびにけり」。（昭和六十二年「木」）あけぼのすぎはメタセコイアですね。昭和天皇はあけぼのすぎを見てその木を詠まれたんですけれども、今上陛下は人を見ていらっしゃる。

寺井　「山荒れし戦《いくさ》の後《のち》」は「国破れて山河あり」という詩句も踏まえられていますね。

平成十七年歌会始　題「歩み」御製

戦《いくさ》なき世を歩みきて思ひ出づかの難《かた》き日を生きし人々

寺井　これも平成八年の歌と視点が近いと思います。平成に入ってから二十年近くの長い時間を経過して、少なくとも日本では戦《いくさ》はない時代だったと、平成を振り返っていらっしゃいます。

芳賀　終戦六十年を迎えた年で、そのことを意識しておられますね。

寺井　前の昭和という時代の困難さもふまえ、平成の時代と対比的に捉えています。時代の経過を思わせて興味深く思いました。昭和を称賛したり、好意的に受け止めるというよりは、いたわりの思いがあるように感じます。離れたところにおられながらも、「人々」とご自身はつながっているという感覚です。

園池　これもそうですね。「戦なき世」というところだけは昔ながらの詠みぶりと思いますが、結句に「人々」が出てくる。

今野　「人々」ですね。常に「人々」であり、「人」である。

平成十九年歌会始　題「月」御製

務め終へ歩み速めて帰るみち月の光は白く照らせり

芳賀　いい歌ですね。

今野　ふっと「私」に戻られて、心が逸るいっときですね。「歩み速めて」にとても親しみを覚えます。そこに月の光がすっとというのがね。宮中祭祀は、夜明けごろにお一人で朝早く行う神事もあると聞いていますし、神事にかかわらず天皇のお務めはかなり大変だそうですから。

園池　これ自体は、宮殿で認証官の任命式を終えて、吹上御所へお帰りになったときのお歌ですね。

寺井　儀式は荘重でゆったりした動きが多いと想像しているんですけど、それが終わったあとを軽くうたわれておられる。

今野　この軽みに面白みを感じますね。歌会始も、しーんと静まりかえった中、読師の方の所作に一斉に視線が集中する。きっと公務にしても一つ一つ様式に従ってこなされる。終えられて、ほっとされてやはり、歩みは速まりますね。

芳賀　披講を聞いている人たちに一斉にイメージが浮かびますね。ああ、天皇もこんなことがおありなんだと。

園池　披講を耳で聞いたときに、御製はわかりやすいお歌が多いですね。

寺井　そうですね。そんな感じはします。

今野　そうですね。わかりやすさに、親しみやすさを添えておられるとも思いました。

平成二十七年歌会始　題「本」御製

夕やみのせまる田に入り稔りたる稲の根本に鎌をあてがふ

今野　私が初めて歌会始に選者のお役目を承って、その場で耳から御製を伺った最初の一首でした。耳から入ってくる言葉を、意味も立ち上がらせながら聞いていましたが、「本」という題でブックではなく稲の根本でお応えになったんです。「あてがふ」という言葉を最後に結びとしてお使いになったことも新鮮で、瞬間で止《とど》めたことがくっきりと鮮やかに立ち上がった。この歌は私にとっては記憶にまず蘇る一首です。

寺井　ざくっと切ったと言わないで、あてがったところで止めているのですね。

今野　ええ。刈り入れをうたわれた一首ですが、稲作は天皇自ら種もみ蒔きからなさるのですね。農家ではほとんど朝早くから始めて、夕やみがせまる中で刈り入れすることはないでしょう。公務を一つ一つこなされて夕方になってしまっても、きょうは刈らないといけないという時期もあるわけですね。

芳賀　「あてがふ」という動詞はなかなか出てこないですね。稲の抵抗感のある生命力を感じますね。この歌はことがらの項目が多いですよね。「夕やみ」、「田に入り」、「稔る稲」、「根本」、「鎌」。

今野　それだけ言葉を並べた最後に、刈り取るところまでいかないで「あてがふ」で止める。止めたところできちっと歌も収まります。

芳賀　いっぱいあって、最後に「あてがふ」と来るからその「あてがふ」が効果的になるか。

今野　動詞でぴちっと止めるところに率直な叙述の印象も受けます。披講される方々は、いつごろ御製をご覧になるのですか。

園池　毎年、選者会議が十二月十日ぐらいにあります。その後にそれが一たん陛下のお手元に上がって、そのあとに両陛下のお歌などと共に我々のところに来ますから、だいたい十四、五日でしょうか。十二月下旬ぐらいから実際の御製御歌で練習を始めています。

　戦前までは「春風海上より来たる」という感じのお題だったのが戦後になって一字題に変わって、歌会始の要領ではその漢字が入っていることが条件になっています。たとえば「波」というお題で披講諸役の一人が「浪」で出したらば書き直しを命ぜられたことがありました。ですが、宮中にはたとえば月次歌会《つきなみのうたかい》というのがあって、毎月お題が出るんですけど、その漢字が入っているかどうかは問題ではないんですね。この平成二十七年の歌会始の詠進要領は「さらに、本を表す内容であれば『本』の文字がない場合でも差し支えありません」ということで、「本」の、例えばタイトルが入っていれば漢字がなくてもいいと。篠弘さんがたぶんおっしゃっていたと思うんですけれども、実際には本のタイトルが具体的に入っているような歌は選びづらかったと。

今野　そういえば「百科事典」を詠みこんだ歌もありましたね。

園池　この年の御製を拝見したら、やはりいつものとおりで。翌年からまた意味としてではなくお題の漢字を入れる、と詠進要領が元に戻っていましたね。

今野　では、歌会始の皇后陛下の御歌を読んでいきたいと思います。

　平成二十一年歌会始　題「生」皇后陛下御歌

生命《いのち》あるもののかなしさ早春の光のなかに
揺り蚊《ユスリカ》の舞ふ

芳賀　日本の詩歌の伝統の一番底にあるものをぴったりとつかまえていらっしゃる歌だと思います。「揺り蚊」なんていうのは蚊よりも小さいでしょう。水の中から生まれて一日か二日で死んじゃうのね、卵を産んで。本当に儚い「揺り蚊」というものを歌にする歌人は、『万葉集』『古今集』以来いなかった。「蚊」はいるけれども、「揺り蚊」までは。それが懸命に、ある夕方、蚊柱が立って飛んでいる。そこに目をつけて「もののかなしさ」という。この「かなしさ」というのは、日本の詩歌の中の一番底にある「もののあはれ」を感じることですね。美智子さまの歌の中でも一種の極限まで行かれて、神代以来の日本の詩歌の伝統の一番底に流れているものをとらえた歌だと思います。

美智子さまは、もちろん皇太子妃になる前のことですが、疎開先の群馬で、志貴皇子の蕨の歌「石ばしる垂水の上のさ蕨の萌え出づる春になりにけるかも」をお読みになったといいます。言葉がきらきらと発しているようなお歌でしたと書いていらっしゃる。志貴皇子はそれまで誰も読んでいないような野の草「蕨」を詠んでそこに春の歓びを感じていらした。そういうちっぽけなものが懸命に生きようとしてみせる美や力、そこに命の尊さを感じる。それを美智子さまの「揺り蚊」に感じます。か弱い、小さなものへの共感の力を非常に豊かにもっていらっしゃる。

園池　実は、僕は中学高校のころ、古文が大嫌いで。「かなし」という言葉が現代語の「かなしい」とは違うんだと教わるわけですね。でもその違いが子どものころはなにかしっくりこなかった。皇后陛下のこの「かなし」はまさにこれが「かなし」なんだと、その「かなし」の定義みたいなものとしてこの御歌が感じられたんですね。ですから非常に印象的でした。

　もう一つ印象的だったのは、同じ年の一般からの詠進の入選歌で、関東の方の「生命とはあたたかきもの採血のガラスはかすかにくもりを帯びぬ」という歌がありました。たぶんガラスの注射管にふっと曇りが出るというそのような雰囲気です。ただの湯気ですけれども、ガラスが曇ったということの中に、まさにこれも命のかなしさを見ているのかなという感じがして。

今野　体温がね。

芳賀　フランスの詩にもあるね。ヴェルレーヌの。月の光に噴水が照らされて。月の光が悲しくも美しい、と。

今野　現代歌人も「かなしい」をよく使って、そのときに「愛」を使うんですね。愛おしむような、心をそちらに向けるというような。ただ、「かなし」を歌に詠み入れるのは難しいです。「あはれ」と同じぐらい難しいと思います。

芳賀　でも人間にとって、少なくとも日本人にとって、一番深い感情です。

　平成五年歌会始　題「空」皇后陛下御歌

とつくにの旅いまし果て夕映《は》ゆるふるさとの空に向ひてかへる

園池　このときの御製は「外国の旅より帰る日の本の空赤くして富士の峯立つ」。それに寄り添った御歌になっています。御製のほうは結句を「富士の峯立つ」とぽんと止めているのに対して、皇后陛下は「ふるさとの空に向ひてかへる」と。この皇后陛下の御歌は、不安ではないんですけれども、音楽で言うところの長調ではなくて短調の御歌の感じがして。

芳賀　たしかに天皇陛下の御製は長調だといえるな。

園池　特にこの「ふるさとの空に」が字余りで、「向かひてかへる」が悲しいわけではないんですけどもその雰囲気が。どういうことをお考えになっていたんだろう、ほっとしているのかもしれないし、また、これから日本だと思っているのかも。そのいろいろなことを想像させる御歌だなと思って。

寺井　「夕映ゆるふるさとの空に向ひてかへる」というのは重みがあって、いいなと思いました。「ふるさとの空に」の字余りの感じが重みがあって、一つのポイントになっているのかなというような感じがしました。

今野　御製の「外国」は「とつくに」と読むんだろうと思うんですけれども、ルビはないんですね。同じときの歌と思っていいんでしょうけれども、天皇陛下は「日の本」と言われた、それについて皇后陛下は「ふるさと」と言ってらっしゃる。行く手に待っているのが「日の本」の国だと言うのと「ふるさと」と言うのとでは言葉の重みがまず違いますよね。自然な言葉でありながら、重みがあるのは御製のほうで、格調もある。御歌のほうにはくつろいだ感じ、それだけ親しさを覚えるような体温がある、そんな感じがしました。

平成六年歌会始　題「波」皇后陛下御歌

波なぎしこの平《たひ》らぎの礎《いしずゑ》と君らしづもる若夏《うりずん》の島

今野　平成五年に沖縄を訪問されていますよね。一応表面上は平穏を取り戻した沖縄の地なんですが、そのときの時節が、今のカレンダーで四月か五月、沖縄の初夏、若夏の時季なんですね。そこに「若夏《うりずん》」という読み方をルビとして振っていらっしゃいます。私は自分が実作者であるせいか、どうしても言葉に反応しがちであると、ちょっと反省を込めて思いますけれども、この若夏という言葉、『おもろさうし』にある言葉なんです。『広辞苑』を引くと『おもろさうし』から例として出てきます。ただ、その『広辞苑』にも初版と第二版にはなくて、昭和五十八年の第三版になってやっと「若夏」も「うりずん」も登載されました。今は歌人の間でも「若夏」は好んで使われている言葉だと思います。

　両陛下は沖縄の旅であればその土地の文化にちゃんと接していらっしゃるんですね。沖縄の言葉としてあった「若夏」、「うりずん」を結びつけて「若夏」と書いてうりずんと読む。『広辞苑』の場合は、「うりずん」はこの平仮名のままの表記で、「若夏」は若夏で出てきます。ほぼ同じ時節のことを言うんですけれども、「うりずん」を「若夏」と書くとは出てこないんです。歌の中、あるいは『おもろさうし』をもしかしたらご覧になっていたかもしれないんですが、この言葉に愛着を覚えられたか、ぴったりということで、「若夏」と書いて「うりずん」とルビを振っていらっしゃることが私にはもう、大変感じ入るところでした。

　今日挙げていただいた歌の中にもそういう言葉がいくつもあって、つい目についてしまうんですが。平成七年の植樹祭の歌では「初夏《はつなつ》」という言葉をお使いです。「初夏《はつなつ》の光の中に苗木植うるこの子どもらに戦《いくさ》あらすな」。昔からある初春《はつはる》と違って、初夏《はつなつ》はなかったんですね。まず江戸時代末期の俳人が使っていますが、俳句のほうでは漢語で初夏《しょか》と言うほうが多いそうで、浪漫派の歌人が初夏《はつなつ》を使い始めたんです。今、若い人の間でも初夏《はつなつ》という歌言葉は大人気ですよね。

寺井　そうですね、たくさんの歌人が使っています。

今野　美智子さまはその初夏《はつなつ》という言葉を、ご自身の歌集の『瀬音』のなかにあるアオバズクを詠む歌にお使いです。昭和五十年のお歌ですから、ほとんど珍しい使い方だったと思います。非常に魅力がある美しい言葉で、そういう言葉もすっとお使いになって歌として決めてしまう。歌人としての才覚と言っていいのではないかと思いますね、見事です。

園池　今の「若夏《うりずん》」ですけれども、信濃町に、今は宿舎になっていますが沖縄県の宿泊所があって、それの名前が若夏荘なんです。この皇后陛下の御歌を拝見したときに、あれはもしかしてうりずん荘と読むのだったのかなと思っていたんです。でも宿舎の名前は若夏荘だったようです。うりずんというのが沖縄の言葉だとしても、若夏自体は少なくとも近代の沖縄においては若夏をうりずんと同一視するのはもう定着していたのかなと僕は思っていました。

今野　なるほど。面白いですね。

寺井　沖縄に行かれて、あえてこの言葉を使うことで沖縄という土地に寄り添う思いなどあったんでしょうかね。

今野　それはありますよね。どこかにいらっしゃったらその土地の、言葉にせよ、文化的な何かを必ず。

園池　陛下は琉歌を作られていますよね。八八八六の韻律の。しかもその沖縄の言葉で作っていらっしゃる。

今野　沖縄は、御製と御歌を読むうえで大テーマになりそうな一項目ではあるんですね。沖縄に対してすごく思いが深い。

平成八年歌会始　題「苗」　皇后陛下御歌

日本列島田ごとの早苗そよぐらむ今日わが君も
御田《みた》にいでます

今野　これはうたい出しが「日本列島」七音。思い切った印象で、大変自在なうたいぶりを面白いと思ったんです。「わが君」として、皇后さまは本当に、ハレの歌の中でも天皇陛下を敬うとか、伴侶として、寄り添うかたちで詠まれますね。この一首では大切な一つのお務めとしての田植えでしょうか。それとなく伝えるように。もの静かな語りでありながら、そのうたいぶりはかなり自在という感じがしました。

平成二十五年歌会始　題「立」　皇后陛下御歌

天地《あめつち》にきざし来たれるものありて君が春野に立

たす日近し

園池　皇后陛下の御歌は、いつも敬語の使い方に感じるところがあって。さきほどの「御田《みた》にいでます」もそうですけれども、この「春野に立たす」。確かこの年は召人の岡野弘彦先生が伊勢神宮の御柱の歌をお出しになっていたんです。（「伊勢の宮み代のさかえと立たすなり岩根《いわね》にとどく心《しん》のみ柱」）岡野先生は「御柱を立たす」とうたわれて、柱に敬語を使うというのが伝わらないのではないかと心配していらしたそうです。若い人には「立たす」がそもそも敬語だと伝わらないのではないかと。皇后さまの御歌にまさに「立たす」が使われていたので安心したとおっしゃっていらして印象深く憶えているんです。

寺井　そうですね。「立たす」という表現は『万葉集』にもあって、しっかりと古典を踏まえられていることに驚きます。

園池　それから「きざし来たれる」というのが。おそらくは、このとき、陛下のご体調が問題になっていたときで、ご回復の期待と恐れに揺れ動く中で、そのきざしを探してしまう心の動きが感じられて、と言うと失礼かもしれませんけれども、大変胸に迫ってきました。

平成二十四年歌会始　題「岸」　皇后陛下御歌

帰り来るを立ちて待てるに季《とき》のなく岸とふ文字を歳時記に見ず

今野　私はこの歌には本当に心を動かされました。

芳賀　「岸とふ文字を歳時記に見ず」というのは、変わった歌ですね。

今野　歳時記にないということから発しているのではないんですね。帰ってくる人を「立ちて待てるに」というところの言葉の運びも見事だと思うんですが。ずっと待ち続けて、季《とき》が移っても待ち続けているということがまずある。待つことに季節はかかわりがない、そういえばと思い合わせるように、岸という文字は歳時記にはないのだったというので、その岸辺に立って人を待つという事柄がまた改めてはっきりするんだと思うんですね。「季《とき》」という言葉も、歌人はおりおり使いますが、一般的にこうは読まれないのに、本当によく心得ていらっしゃる。「季《とき》」は日本文化の拠りどころだと思うんですね。その拠りどころのはずの「季《とき》」にかかわりなく、帰ってくる人をひたすら待つというところに、心を向けるいたわりの厚さみたいなものがずっと出ています。

宮内庁のホームページには歌の解説が載っていますが、それによるといろいろな思いを含めていらっしゃるということです。たとえば外地からの引き揚げやシベリアの抑留の人たち、さまざまな場合の、待つ人、待たれる人のことですね。「岸」という、一つの淵、そこで待ち続けるという。また、津波のこともあるようです。行方不明になった方、その家族の思い。そういう思いを込めていらっしゃるんだということですね。下の句の展開に惹かれます。

平成二十七年歌会始　題「本」皇后陛下御歌

来《こ》し方《かた》に本とふ文《ふみ》の林ありてその下陰に幾度《いくど》いこひし

寺井　「来し方」、これまで読んできた本という文章や言葉が林をなすようあって、その林の下陰で何度憩うたことかという歌。「来し方」、「下陰」、「憩う」という言葉が古風で、一首の雰囲気が保たれている。それから「下陰に」が絶妙です。本や言葉が林や森をなしているというのはよくある発想で、読書家や古典の研究者の立場では、その林を征服してやる、世の中の本を全部読み尽くすという発想に行くような気がするんですけど、その「下陰に」憩うたんだと。豊かな言葉の世界の本当に端の部分しか自分は知らないんだという謙虚な姿勢が見える気がしました。

芳賀　美智子さまが幼少期から非常な読書家であることは、よく知られていますね。

今野　先日の八十四歳のお誕生日に、天皇陛下が退位されて公務から引かれた後の日常に何をなさりたいかという質問に、読みたいと思って買い置いた本を読みたいと仰ったとか。

園池　その意味で言うと、最後、「いこひし」という過去形になっていますね。最近はなかなか本をお読みになる時間がないのかなと心配してしまいます。

今野　歌会始ではない場でのお歌についてもお聞かせください。

サイパン島　平成十七年皇后陛下御歌

いまはとて島果ての崖踏みけりしをみなの足裏《あうら》思へばかなし

芳賀　皇后陛下がお作りの歌の中で一番痛切で、忘れることのできない御歌だと思っています。「いまはとて島果ての崖踏みけりし」。これは「踏みけり」ではなくて「踏みけりし」だから自分で足で蹴って、たぶん子どもも抱いたまんまで落ちていった。両陛下はその場へいらっしゃった。「をみなの足裏《あうら》」でしょう、白い足裏を「思へばかなし」。強烈で、よくここまで思い浮かべて、それを言葉になさったと思って感嘆しました。

寺井　この歌には、僕も心を動かされました。「足裏《あうら》思へばかなし」。身を投げる最後の最後に、地上とつながっていたその「足裏《あうら》」、それで蹴ってそこを離れたという、その一瞬の動作に注目して具体的に思い浮かべている。技巧と言っていいのかわかりませんが、非常に心を動かされますね。

今野　「足裏《あうら》」という言葉を足の裏の意味で使うように

なったのは江戸も末期で、明治以降です。その前は足による占いの「足占《あうら》」はあったんですけれども。でもいずれにしても一般的にはこの言葉を使いませんね。そういう言葉がすっと出てくる。足裏《あしうら》というよりは足裏《あうら》のほうがずっときれいですね。

うららか　平成十年　皇后陛下御歌

ことなべて御身《おんみ》ひとつに負《お》ひ給ひうらら陽《び》のなか何思《なにおぼ》すらむ

園池　皇后陛下は天皇陛下を思いやっておられる歌が多いんですけれども、その中で少し距離が開いた感じがある。その雰囲気が印象に残りました。常に寄り添って支えようとしていらっしゃる皇后陛下、でもときどき、手が届かないとお感じになることがあるのかなと。

今野　平成十年ですから即位されてやっと十年。一人で負っていらっしゃるようなそのお姿を一日一日見ておいでなんですね。

平成十三年　皇后陛下御歌

知らずしてわれも撃ちしや春闌《た》くるバーミアンの野にみ仏在《ま》さず

芳賀　二人して訪ねていらっしゃって、御製「カーブルの戦終りて人々の街ゆくすがた喜びに満つ」もあります。昭和四十六年にも美智子さまの「バーミアンの月ほのあかく石仏は御貌削がれて立ち給ひけり」という御歌がありましたね。

寺井　直接にバーミアンの石仏像を撃ったのはではないけれども、自分も知らずしてそこに責任の一端があるのではないか。遠く離れた土地で、しかも宗教的な対立にまったく関わっていないように見えるけれども、すべてのことはつながっている。世界の遠いところで起こっている悲劇にもどこかで関わりがあって、もう少し自分が何かしていたらこうはならなかったのではないかという、当事者性に引きつけて考えている。御歌であるということを超えて、歌を通じてどういうふうに世界を見るかということと、大きな問題と組み合っている社会詠として非常にすぐれた歌だと思いました。

芳賀　これは、美智子さまの原罪意識ではないですか。人間はどうしてもこんなふうなことをしてしまう、自らもそれをもっていて、純真無垢なマリア様みたいではありえない。

北京オリンピック　平成二十年　皇后陛下御歌

たはやすく勝利の言葉いでずして「なんもいへぬ」と言ふを肯《うべな》ふ

今野　今まで読み合ってきた歌といささか違う印象かもしれませんが、皇后さまのユーモラスな側面が感じられる歌です。平泳ぎの北島康介さんが二度目の金メダルを取ったときに「なんもいえねえ」と言ったというのをそのまま踏まえて、肯定していらっしゃるんですね。さすがに「いえねえ」は「なんもいへぬ」と少しアレンジして。これは歌の言葉として最適だと思うんです。その言葉をこうして詠み入れたことの軽妙な味わい。選手がものすごい重圧の中で金メダルを取って、連覇をした。それは何も言えないのが本当だろうという理解を示されているんです。

皇后さまは日常の会話でも面白そうに、ユーモラスに表現されるんです。園池さんはもっとご存じでしょうね。

園池　この歌、ユーモラスというところもありますが、僕は相手の思いに寄り添う感じを受けます。客観的に聞いているのではなくて。そういう姿勢が皇后陛下の御歌から、この歌だけではなく感じ取れます。

寺井　この歌で思い出したのですが、熊本に両陛下がいらしたときに、「くまモンはお一人なの？」とご質問したと話題になりましたね。非常に注目を浴びている人の本音、また本当は苦労があるんじゃないかなどということを、ご自分の身に引きつけて共感して寄り添っていく姿勢を感じます。

第十二回全国豊かな海づくり大会　平成四年御製

荒波の寄せ来る海に放たれしひらめはしばし漂
ひ泳ぐ

芳賀　御製にもどりますが、陛下は生物学者で、自然科学者であられるから、この御製にもそういう側面が出ていますね。あまりいろいろな情緒をまとわせずに真っ直ぐにうたっておられる。明治天皇もそうですし、天皇の御製は非常におおらかで、細かいことにこだわらない。そこは美智子さまとは異なるところですね。視野には日本国だけじゃなくて諸外国も入ってきている。

「全国豊かな海づくり大会」の御製に魚の名前が出てきてとても面白いと思った。これも魚を出して。ひらめはすぐに潜れなくてゆらゆらしてるんですね。平成十年十八回の「全国豊かな海づくり大会」のときの御製には「細き葉のあまもの苗を手渡しぬ稚魚を育《はぐく》む藻《も》場《ば》になさむと」。御所にある研究所の「顕微鏡に向かひて過ごす夏の夜の研究室にかねたたき鳴く」という歌もあります。

リンネ生誕三百年にあたりウプサラを訪ふ　平成十九年御製

二名法作りしリンネしのびつつスウェーデンの
君とここに来たりつ

芳賀　これはスウェーデンのウプサラ大学へ植物学者リンネ生誕三百年の記念に行かれた歌。リンネの直弟子にツンベルクがいて、長崎の商館の医師として十八世紀後半に来日し、江戸に参府したときは蘭学学徒の中川淳庵や桂川甫周に最新の博物学を集中講義したという日本と縁の深い植物学者なんですね。日本のこの二人とやりとりした手紙も残っていて、陛下はそれをちゃんとみてこられた。その江戸からのオランダ語の手紙の写真版を僕たちにみせてくださったことがある。そういうなつかしい思い出もあるんです。

御所の庭にて　平成二十一年御製

取り木して土に植ゑたるやまざくら生くる冬芽の姿うれしき

園池　僕も芳賀先生と同じで、実験や生物の歌に注目してきました。僕も園芸少年だったので取り木や挿し木なんてよくやったんです。取り木というのは、木の枝の皮を少し剝いで、水苔などを巻いて湿気を保っておくと、そこから根が出てくる。充分に根が出てきたところでちょきんと切って土に埋める。挿し木よりずっと難しいんです。

陛下は前年にされた取り木が全滅してしまった。庭園課の職員に教わって翌年もう一回チャレンジしたら、ようやく芽が出てきて、そのうれしさをうたっていらっしゃるんです。こういうことをなさるのがお好きなんだなと伝わってきます。

虫捕りに来し悠仁に会ひて　平成二十二年御製

遠くより我妹《わぎも》の姿目にしたるうまごの声の高く聞え来《く》

芳賀　「うまご」とは？

今野　孫のこと。古い言い方です。これは悠仁さまを詠まれています。

園池　御製としては珍しいですね。皇后陛下はよく詠まれますけれども。

東日本大震災の津波の映像を見て　平成二十三年御製

黒き水うねり広がり進み行く仙台平野をいたみつつ見る

寺井　僕もいま皆さんおっしゃったように、御製は非常に即物的で、魚の名前を詠みこんだり、物そのものをできるだけそのまま描写しようとする姿勢がおありのような気がして、それによって迫力と記録性を帯びるんですね。この歌の「黒き水」という言葉は、テレビの映像を見たからこそ出てくるのだと思います。海から津波が押し寄せて田畑をどんどん黒い水が覆っていく、その映像を即物的に詠んだことによってその事実そのものの重大さが迫ってくる。ご自分の気持ちは「いたみつつ見る」という本当に短い言葉で言われているんですけど、それだけに事実の重みが非常に深まって、印象的な歌でした。

今野　報道の番組もよくご覧になっていると伺いました。

葉山御用邸　平成十四年御製

年まさる二人の孫がみどり児に寄りそひ見入る仕草愛らし

今野　さきほど「うまご」の歌がありましたが、愛子さまがお生まれになったときのお歌です。公の顔を脱いでくつろがれている様子が珍しくていいと思いました。年が離れた三人目の孫である愛子さまがお生まれになって、お姉さん格の姉妹がじっと寄り添って見入っている。赤ちゃんに対しても、見守る眞子さま佳子さまについても愛らしさを感じて見ていらしたんだと思って。こんな柔和な眼差しを天皇陛下も歌にして語られるんだと思って温かい気持ちになりました。

（平成三十年十月　東京にて）

芳賀徹（はが・とおる）昭和6年山形生まれ。比較文化、比較文学研究者。独創的な視点で江戸時代を論じる。東大名誉教授。平成9年紫綬褒章。平成30年恩賜賞。日本芸術院会員。「平賀源内」でサントリー学芸賞、「絵画の領分」で大佛次郎賞を受賞。京都造形芸術大学長や静岡県立美術館長を歴任。平成26年歌会始召人。

園池公毅（そのいけ・きんたけ）昭和36年東京生まれ。早稲田大学教授。専門は植物生理学、特に光合成。和歌の披講や装束の衣紋といった伝統文化の継承にも携わり、昭和59年より歌会始の儀の披講諸役を務める。

寺井龍哉（てらい・たつや）平成4年東京生まれ。平成26年、現代短歌評論賞を受賞。東京大学大学院博士課程在籍中。月刊「現代短歌」にて「歌論夜話」連載中。

今野寿美（こんの・すみ）昭和27年東京生まれ。昭和53年角川短歌賞受賞。『世紀末の桃』（現代短歌女流賞）ほか『さくらのゆゑ』まで十歌集、ほかに『24のキーワードで読む与謝野晶子』『歌がたみ』『歌ことば100』などの著書がある。宮中歌会始選者。歌誌「りとむ」編集人。

インタビュー
歌会始の「幸くあひあふ」
春日真木子

初出＝「短歌研究」平成三十一年一月号

尾上柴舟の思い、明治の民の思い

天皇陛下と皇后陛下のお歌のことをお話しする時に、ぜひお話ししたいと思いますのは、尾上柴舟のことについてです。

尾上柴舟は、昭和二十四年から昭和三十二年まで歌会始の選者でした。亡くなったのは、昭和三十二年一月十三日。御歌会始の儀に列するため、静養先の伊豆の伊東から六日に上京しますが、すでに意識おぼろで、参上できず、応制歌のみとなりました。それが最後の歌になりました。

柴舟は若い頃、明治三十三年の御歌会始に預選の栄に浴したことがあります。お題は「松上鶴」。いまとは随分、お題も趣が違いますでしょう。時代とともに、歌会始のお題がだんだん若くなっていくのが面白いですね。当時、選をしていたのは、「御歌所」です。選ばれた柴舟の歌は、「大君のちとせをよばふ田鶴がねにまつのあらしは静まりにけり」。発想も表現も格調たかく、いかにも御歌所流という感じです。学生としての預選が歴史上初めてだということで大変評判になったらしうございます。もちろん柴舟は喜んだに違いないのですけれど、旧風から脱したい時期でもあり、複雑なところもあったと思います。

柴舟は、一高に入学して、明治二十八年に、落合直文が主宰する「浅香社」に入門、いかづち会という浅香社の若いグループをつくって活動していたそのとき、預選の栄に浴したわけです。いま読み返して、若いグループの歌としてはちょっと新しくはない歌と思います。

柴舟の最後の歌を申し上げたほうがいいでしょうか。昭和三十二年、「灯」という題でございます。「ねつかれぬならひとなりて物の色の白くなる時ともしびを消す」。「ねつかれぬならひとなりて」というのは体調不良のことなんですね。でも病気の歌では不吉ですから、「ねつかれぬならひ」と詠まれたと思います。「物の色の白くなる時」――物が白一色に見えてくるとき、これが自然なのか、超自然なのかわかりません。いずれにせよ、柴舟の歌会始の歌は、明治三十四年から昭和三十二年とで、ずいぶん違っている。時代によって歌が変わってきているということを申し上げたくてこの歌を紹介しました。

尾上柴舟には、『み光のもとにて』という、宮廷関係の歌を集めた自選歌集があります。昭和三年の十二月十日、紅玉堂からの出版です。明治の御代と、大正の御代と、昭和の御代と、歌集は三つの章に分かれています。

三代一貫して、柴舟の気持ちは、「かしこしや」なんですよ。学習院の教授でしたので参内することが多かったこともあるでしょう。あとがきには、「初めて任官の御沙汰を蒙つてから今日まで大御恵を辱うして屢々比ない光栄に浴した」とあります。どういう歌があるかというと、明治の御代には、「人の波静まりひらけ現つ神渡らす道の真直なるかも」。現人神でいらっしゃる天皇は、人の波が静まっているところを、真っ直ぐにお歩きになる、と。

またその次の歌は、吹上御苑にお招きを受けた時の歌のようですが、「魚ら皆底にひそみて大御池波の綾だに今し立たざり」。「魚ら」は「いをら」と読むのでしょうか、魚までが波を立てないで底にひそまっている。

まったく現代とは隔世の感がありますが、こういう気持ちが、明治の御代の、臣民の思いであったと思うのです。

『み光のもとにて』からは、とにかく、畏み、こちこちになっている柴舟の様子が浮かんできます。明治期、和歌革新をめざした柴舟が、威儀を正し畏まっているんです。皇室を尊崇する人ではあるけれども、国粋主義とか、そういうものとは無関係です。平安朝時代の歌と草仮名の研究者としての、王朝への美意識との説もありますが、明治生まれの純粋感情、としか言いようがありません。

「ちひさなる御らんどせる」と、「乃木大将」

でもなかには、「ちひさなる御らんどせる礼《あや》やかに乃木大将ぞ直しまつりし」という歌もあります。ランドセルは、明治の時代には新しい素材ですね。学習院の教授ですからこういう風景を目にお留めになったんでしょうね。「ゐややかに」礼をしながら乃木大将が近づいてランドセルをちょっとお直しになった。ランドセルを背負っていらしたのは、まだお小さい昭和天皇です。

窪田空穂に吹上御苑の長歌がありましたが、ほかの歌人には皇室関係のことを詠む歌はあまりありません。それだけに、柴舟のこの歌集は、臣民の側から天皇をどう見ていたかということがわかると思います。

昭和三十三年当時、皇太子であられた天皇陛下は、美智子皇后とのご婚約が調ったとき、記者たちに「どういうご心境でしょうか」と聞かれ、前田夕暮の歌を引いてお気持ちを表わされました。「木に花咲き君わが妻とならむ日の四月なかなか遠くもあるかな」。前田夕暮の有名な歌ですが、すらすらとおっしゃったと。このエピソードは、夕暮のお孫さんの前田宏さんから伺いました。

ご婚約内定の昭和三十三年には、皇太子殿下には、「語らひを重ねゆきつつ気がつきぬわれのこころに開きたる窓」という御歌があります。美智子妃は、昭和三十四年の御成婚の前日に、「たまきはる『いのちの旅』に吾《あ》を待たす君にまみえむ明日の喜び」と歌われました。

ほかの歌人が、このころの皇室をどう詠ったのかを調べてみましたら、窪田空穂の『卓上の灯』という歌集にありました。「皇太子殿下の写真を拝して」というからまだ天皇が皇太子でいらしたころですね。「親しさのいはむに余るスキー靴御《み》手もて整へ給へる殿下」。スキー靴を御手自ら整えていらしたというところに空穂が目を留めております。それから、『老槻の下』には、「立后の未《み》曾《ぞ》有《う》のためしひらきたる昭和のみ代《よ》を後も讃《たた》へむ」という歌もありました。これは、まさに国民の声の代表では、と思いました。それから皇太子のご成婚を祝して、「皇室を隣家のごとく感じては笑みやまぬ沿道百万の民」。ご成婚のときのパレードを詠った歌ですね。また、「妃とならむ庶民のむすめ家出づと親に礼《ゐや》するさまに涙す」。当時テレビで観ていた光景が、ありありと見えてきます。

土地のゆかりの言葉を入れられて

さて、平成になってからの天皇陛下の御製、美智子皇后の御歌についてお話しします。

明治天皇の御製は、現人神としての教訓的なところが多かったのですが、今の陛下にも共通しているのは、天皇としての「国見」の歌があるということです。『万葉集』の舒明天皇の香具山の歌以来の、天皇としての基本的なことなんでしょうね。

御製には、歌会始のほかに、天皇の公的行事のときのお歌があります。「全国植樹祭」、「全国豊かな海づくり大会」、「国民体育大会」には、全国各地の開催地においでになって歌を詠まれます。

そのお役目のときの歌には、その土地土地にゆかりの固有名詞を入れておられることが多いですね。たとえば、平成三年の「国民体育大会秋季大会」（石川県）では、

縄文の土器かたどりし炬火台に火はあかあかと燃え盛りけり

平成五年の「国体」（香川県・徳島県）では、

香川の火徳島の火をかかげつつ選手ら二人炬火台に向かふ

やはり平成五年の愛媛県での「豊かな海づくり大会」（第十三回）では、

県の魚まだひの稚魚を人々と共に放しぬ伊予の海辺に

平成八年の「全国植樹祭」（東京都）では、

埋立てし島に来たりて我が妹といてふの雄木と雌木植ゑにけり

「我が妹」とは、皇后様です。雄木と雌木を植えたよ、皇后と一緒に植えたよというお歌です。

面白いお歌としては、平成十七年の岡山での「第六十回国民大会」の御製。

桃の実の二つに割れし間より岡山国体の選手入り来る

選手がみな桃太郎なんですね。天皇さまの御製は、喜びとか悲しみとかのお気持ちを率直にあらわされる。そのほうが国民に親しみやすい、伝えやすいというお考えからだと思うのですが、さらにこのように具体的に歌にされると、その県の人たちは喜ぶでしょうね。

昭和天皇の「祈り」、今上天皇の「願い」

平成は、本当に地震や豪雨、台風などの災害が多く、地球が変革期にあるようでした。被災地をたびたびお訪ねになって被災者を励ましていらっしゃいます。平成十六年の歌会始の御製にありました。

この年の歌会始のお題は「幸」でした。

人々の幸願ひつつ国の内めぐりきたりて十五
　年経つ

平成六年の歌会始は「波」というお題でしたが、御製は、

波立たぬ世を願ひつつ新しき年の始めを迎へ
　祝はむ

「願ひつつ」、「願ひつつ」とおっしゃる。昭和天皇なら「祈りつつ」とおっしゃるでしょう。「祈り」から「願ひ」へ。「祈り」というと宗教的な雰囲気を感じますが、「願ひ」は個人の思いです。そしてその「波」という言葉でいえば、日露戦争の頃の、明治天皇の有名な御製に「よもの海みなはらからと思ふ世になど波風のたちさわぐらむ」というお歌がありました。この御製を昭和天皇は毎日拝誦し、そして平和への志を胸に刻んでおられたという話があります。

第二次世界大戦の開戦のときにも、開戦に向かう会議のときにこの御製を懐に臨まれたそうです。読み上げられて、なるべく平和に解決してほしいということをしきりにおっしゃったということを『天皇と和歌』（鈴木健一著・講談社選書メチエ）で読みました。

今上天皇の御製には、人間天皇としてのお心を思わせるものがあります。たとえば平成十九年の歌会始の御製です。お題は、「月」でした。

務め終へ歩み速めて帰るみち月の光は白く照
　らせり

昭和天皇は、昭和四十年の歌会始（お題「鳥」）で、「国のつとめはたさむとゆく道のした堀にここだも鴨は群れたり」と詠まれました。「国のつとめ」と詠んでいらっしゃる。今上天皇のお歌は「務め終へ」になっている。まるで一般人の勤め人と見紛うよう。また、務めを終えて、急いで家へ帰って皇后と会おうとお思いになるから「歩み速めて」。実感が深く、このフレーズ活きていますね。

平成二十七年の歌会始は、お題が「本」でした。

陛下の御製は、

夕やみのせまる田に入り稔りたる稲の根本に
　鎌をあてがふ

お題の「本」の字を「根本」に使われたのでした。その根本に、「鎌をあてがふ」。普通なら「鎌に刈りたる」でしょう。「あてがふ」というのは、おやさしい。この御製を、私はとても、いいと思うのです。「祈り」から「願ひ」に、「国の務め」から「務め」に、それから「歩み」を「速め」たり、「鎌をあてがふ」というおやさしさ。

歌会始が終わり、天皇陛下がお退きになるとき、ちょっと振り返って美智子皇后をご覧になって、近づくのをお待ちになってから退出されました。ああ、おやさしいなあと思いました。

繊細な御歌、ダイナミックな御歌、切ない御歌

美智子皇后の御歌のことも申し上げます。

皇后さまは、やはり国母、国の母としての見方をしていらっしゃると思います。お心が繊細です。戦没者に対しても、被災者に対しても、いつも鎮魂ということをお考えになっていらっしゃると、御歌をあらためて拝読して思います。それから日本の国の重責を背負っていらっしゃる陛下の御身を、いつもご案じになりながら君に寄り添っておられると思います。さらに地球と宇宙にも目を向けられている御歌もあり、ダイナミックです。心を通して、刻々に変化する世界をお詠みになっていらっしゃる。時代や社会を詠みとめておられます。

平成七年の「植樹祭」（広島県）での御歌、

初夏《はつなつ》の光の中に苗木植うるこの子どもらに戦《いくさ》あらすな

「この子どもらに戦あらすな」。皇后さま御自らおっしゃっている。感動します。天皇さまへの御歌では、平成十年の「うららか」という歌、

ことなべて御身《おんみ》ひとつに負《お》ひ給ひうらら陽《び》のなか何思《なにおぼ》すらむ

こういう思いが常におありでいらっしゃるのだと思います。

戦争中にたくさんの人が身を投げたという、サイパンのバンザイクリフのことを詠まれた、平成十七年の御歌があります。

いまはとて島果ての崖踏みけりしをみなの足《あ》裏《うら》思へばかなし

足の裏は地面を離れ、海へ落ちてゆくのです。この御歌は、すごいと思います。「をみなの足裏《あうら》」に、どきんときます。

宇宙のことを詠まれた御歌では、平成二十一年、宇宙飛行士の若田光一さんが還ってきたときの記者会見の言葉からお作りになったそうですが、

夏草の茂れる星に還り来てまづその草の香を

云ひし人

「香を云ひし」。そのときの感性を如実に伝えます。宮内庁ホームページの御歌の解説では、若田さんが数カ月の宇宙ステーションでの滞在から帰還し、ハッチが開いて草の香りがシャトルに入ってきたとき、地球に迎え入れられたとおっしゃった時のことだそうです。これをぱっと歌になさるというのはすごいと思いました。

一般人にも通じるお気持ちを詠まれた御歌には、平成四年、

春の光溢るる野辺の柔かき草生《くさふ》の上にみどりごを置く

これもいいお歌でしょう。お孫さんのことを詠った歌は一般の詠草でもよくみますが、皇后さまの御歌には、春の光が溢れている、柔らかい草生の上で、とあります。言葉遣いが繊細で、感性が伝わり、言葉に膨らみがあり、文学的に表現されています。発想から一拍置いて作品化する言葉の「作用」を学ばせていただけます。

また、ときには話し言葉を括弧つきで歌に入れてらっしゃる。平成二十年の北京オリンピックで世界記録を出した北島康介選手を詠われた、

たはやすく勝利の言葉いでずして「なんもいへぬ」と言ふを肯《うべな》ふ

という御歌がありましたね。平成二十三年には「手紙」という、東日本大震災の被災地の少女の言葉を歌にした、切ない御歌があります。

「生きてるといいねママお元気ですか」文《ふみ》に項《うな》傾《かぶ》し幼な児眠る

胸が切なくなる感動的な御歌です。「生きてるといいねママお元気ですか」という手紙を書きかけて眠ってしまった幼な児がいる。津波で両親と妹をさらわれた四歳の少女です。その少女を慮って歌にされた、少女の言葉が活きていますね。

平成二十六年のソチ・オリンピックの時の御歌は、

「己《おの》が日」を持ち得ざりしも数多《あまた》ありてソチ・オリンピック後半に入る

「自分の日にはできず敗れ去っていった」人のことを詠んでいらっしゃる。誇りとする日を持てなかった、そういう失意の人に対するお心遣いを感じました。

美智子皇后のひとことで、花が開いたよう

私が「召人」として歌会始にお招きを受けましたのは、平成二十七年です。宮内庁の方から突然お電話を頂いてびっくりしました。

献詠する歌を、宮内庁の方に書き方を細かく教わって、筆で書くんです。大鷹（大高）檀紙という、凸凹のある紙です。「年のはじめに同しく本といふことをおほせことによりてよめる歌」とまず書いて、歌はここに、何行でもいいから散らし書きにするということ。前後に拳一つ分空けるとか、書式がちゃんとあるんです。正直、大鷹檀紙に筆で歌を書くのはたいへんでした。

歌会始が正殿松の間で終わった後、竹の間へ移って、両陛下の拝謁の栄に浴しました。「召人」というのは、天皇陛下から仰せつかって歌を詠むのです。陛下は、「いい歌をいただいてありがとう」とおっしゃいました。杖をついていた私に「身をおいといになってこれからもいい歌をお詠みになってください」と満面の笑みをたたえてのお言葉でした。

「緑陰に本を繰りつつわが呼吸《いき》と幸《さき》くあひあふ万の言の葉」が、その年の私の献詠でした。

平成十六年の歌会始に、

幸《さき》くませ真幸《まさき》くませと人びとの声渡りゆく御《み》幸《ゆき》の町に

という、美智子皇后の御歌があります。「幸」は「さき」と読んで、花が咲く、という意味もあります。私は、その「幸く」を入れて詠みました。

天皇陛下より一歩下がって、にこやかに微笑まれる美智子皇后が、ふと小さな声で「幸《さき》くあひあふ」とおっしゃいました。歌会始での古来からの伝統の節回しで披講される歌を、時にかろやかにうなずきお聴きになっていらした皇后様が、私の歌の四句目「幸《さき》くあひあふ」にお気を留められたのですね。「さきくあひあふ」、なんと嬉しいことでしょう。緊張の連続でした私の胸に、まさしく花の開いた感動の一瞬でした。

（平成三十年十月・東京都内の自宅にて談）

春日真木子（かすが・まきこ）大正十五年鹿児島県生まれ。「水甕」代表。昭和五十五年に『火中蓮』で第七回日本歌人クラブ賞受賞。平成十七年に『竹酔日』で第四十一回短歌研究賞受賞。平成二十七年、宮中歌会始「召人」。平成二十八年に『水の夢』で第七回日本歌人クラブ大賞受賞。平成三十年に『何の扉か』で第四十一回現代短歌大賞受賞。

寄稿

民に寄り添う世界

加賀乙彦

初出＝「短歌研究」平成三十一年一月号

天皇さま皇后さまの歌が私は大好きだ。身辺の出来事、家族や自然や旅先の様子が見事に詠みこまれているのが興味津々である。とくに皇后さまの肌合い細やかな歌が嬉しい。

この国に住むうれしさよゆたかなる冬の日向《ひなた》に立ちて思へば　（昭和五十七年）

すると天皇さまのずっと昔の歌が思いだされてくる。

荒潮のうなばらこえて船出せむ広く見まはらむとつくにのさま　（昭和二十八年）

「このくに」と「とつくに」のあいだに海がある。しかも荒海である。十九歳の君の外遊が好ましく見え、なつかしくも思える。

わたつみに船出をせむと宣《の》りましし君が十九の御夢《おんゆめ》思ふ

（平成三年皇后さま）

皇后さまのお想いになるのは、天皇さまの十九の若者の願いがこれからはますます実現されてくる、御自分もおん供して四海に旅をせんということであろうか。同時に皇子皇女がお育ちになっていき、とくに末の清子内親王さまの嫁《とつ》ぐ日の思いが歌に強くこめられる。この日のために皇后さまはお二人で国内の旅を重ねられた。そして平成十七年には「告期の儀」を迎えられる。まず天皇さまの歌。

嫁ぐ日のはや近づきし吾子と共にもくせい香る朝の道行く

（平成十七年）

ついで皇后さまの歌。

母吾《われ》を遠くに呼びて走り来し汝《な》を抱《いだ》きたるかの日恋ひしき

皇居を飾る木犀林の散歩をなさりつつ、天皇さま皇后さまは、末の内親王さまとのお別れをいとおしんでおられる。とくに幼年の娘が自分を呼んで追いつき、抱っこをした昔を詠んだ歌は絶唱だと思う。

平成の御代には大地震に襲われることが多かった。まずは平成七年一月十七日の阪神・淡路大震災がある。一月末から天皇さま皇后さまの被災地訪問が始まった。お二人の詠まれた歌はこのときの悲しみに充ちている。

まずは天皇さまの歌。

なゐをのがれ戸外に過す人々に雨降るさまを見るは悲しき

皇后さまの歌。

この年の春燈《しゆんとう》かなし被災地に雛なき節句めぐり来たりて

平成十六年の中越地震後、十月二十七日午後、レスキュー隊の手で、地下に埋められた幼児が救出された。皇后さまの歌。

天狼《てんらう》の眼も守りしか土《つち》なかに生きゆくりなく幼児《をさなご》還《かへ》る

天狼星、おおいぬ座の首星が、地下に四日間も埋もれていた幼児を救った。この奇蹟に感謝している御自分の姿が見事に詠み込まれている。

ついで平成二十三年三月十一日の東日本大震災が大災害であった。阪神・淡路が死者六、四三四名であったのに、東日本では死者一万八千名余となった。前者においては「なゐ」の短歌がみられたが、後者においてはあまりにも大災害であったせいか短歌よりも、七週間連続の被災地お見舞となった。献身のお姿であった。

平成の御代に地震と津波と原発不調が、つまり天災と人災との混淆《こんこう》が民を襲ったのだが、人災の積年の苦しみであったのが水俣病である。魚の科学者として水俣《みなまた》湾周辺の人々に発生した残酷病の発生をうれいたまい、患者たちの救済につとめられた天皇さまの同情と祈りがこめられた三首である。

あまたなる人の患ひのもととなりし海にむかひて魚放ちけり

（平成二十五年・第三十三回全国豊かな海づくり大会）

患ひの元知れずして病みをりし人らの苦しみいかばかりなりし

慰霊碑の先に広がる水俣の海青くして静かなりけり

（同年水俣を訪れて）

（平成二十六年歌会始「静」御製）

天皇さま皇后さまの歌を鑑賞するとき私が思うことは、お二人が同時代の方々であることだ。天皇さまが昭和八年生れ、皇后さまが昭和九年生れである。そして私は昭和四年生れなのだ。戦争中は児童として育てられ、戦争末期には疎開の経験があった。沖縄から本土に航海する対馬丸《つしままる》とともに疎開児童が沈没した。その船が今になって海底に発見された。

疎開児の命いだきて沈みたる船深海《しんかい》に見出だされけり

（平成九年天皇さま）

我もまた近き齢《よはひ》にありしかば沁《し》みて悲しく対馬丸思ふ

（平成二十六年皇后さま）

加賀乙彦（かが・おとひこ）　昭和4年、東京生まれ、東京大学医学部卒業。小説家・精神科医。犯罪心理学・精神医学の権威でもある。著書に『フランドルの冬』（芸術選奨文部大臣新人賞）、『帰らざる夏』（谷崎潤一郎賞）、『宣告』（日本文学大賞）、『湿原』（大佛次郎賞）、『永遠の都』（芸術選奨文部大臣賞）『雲の都』（毎日出版文化賞企画特別賞）など多数。

寄稿

ひまわりと薔薇

——平成三十一年宮中歌会始の御製と御歌を読む

三枝昂之

初出＝「短歌研究」平成三十一年四月号

御製《ぎょせい》

贈られしひまはりの種は生え揃ひ
葉を広げゆく初夏の光に

〈平らかに成る〉という願いのもとに始まった平成だが、振り返ると災害続きの時代だった。とりわけ大きな一つが平成七年の阪神淡路大震災。その十周年追悼式典に出席なさった両陛下に遺族代表からひまわりの種が贈られた。神戸で亡くなった少女の自宅跡にその夏に咲いたひまわりの種で、「はるかのひまわり」と呼ばれる復興のシンボルだった。

両陛下はこの種を御所の庭に蒔き、毎年花の咲いた後の種を採り、育ててこられた。宮内庁のＨＰにはそう説明がある。

あのひまわりの種が今年も元気に葉を広げましたよ。はつ夏の明るい光の中に。

御製はそう告げている。

平成最後の歌会始になぜ御製は「はるかのひまわり」を選んだのだろうか。平成三年の雲仙・普賢岳の火砕流から阪神大震災、中越地震、東日本大震災、熊本地震、そして去年の西日本豪雨、北海道地震と、この国は繰り返し災害に襲われ、困難が続いた。

その日々を視野に入れながら、「震災を忘れませんよ、私はこれからも人々の辛苦に寄り添い続けますよ」というメッセージを最後の歌会始に御製はこめられたのであろう。

歌会始の参列者はまず披講を通じて御製と御歌を知る。活字で読むのはその後である。耳を澄ませて聴くと「葉を広げゆく初夏の光に」の伸びやかな声調が披講とこころよく一つになり、新しい時代への願いと祝福がそこから広がるように感じられた。

今しばし生きなむと思ふ寂光に
園《その》の薔薇《さうび》のみな美しく　御歌《みうた》

「今しばし生きなむと思ふ」は年齢意識でもあろうが、昨年の歌会始の御歌「語るなく重きを負ひし君が肩に早春の日差し静かにそそぐ」を重ねながら受けとめたい。象徴としてのあるべき姿を追いもとめ続けた君、語らなくても痛いほどわかるその任の重さ。寄り添う人ならではの歌だが、それはご自身の任の重さでもある。

そうした立場を退くときの深い深い感慨が「今しばし生きなむ」にはこめられている。早春の光は明るさと見ることも十分に可能なのに、宗教的な平安も、そして寂しさも感じさせる「寂光」を選ばれたところにも、自らに向けたラストメッセージの気配があり、寂光の中の薔薇にはどこかで皇后ご自身が重ねられていよう。

ただ、「今しばし生きなむ」と披講されたときに私たちは驚いた。皇后陛下の歌人としての軌跡を信頼し、任を解かれたのちの御作に期待していたから。

陪聴者の一人はこの歌の披講が二度繰り返されたとき、その抑揚に耐えきれず涙を流した。届いた夜のメールがそう伝えていた。

平成最後の歌会始にふさわしい、万感こもった御製と御歌だった。

寄稿

歌御会始と披講

園池公毅

一、はじめに

毎年、正月に皇居正殿松の間において新年宮中歌会始の儀が行われる。歌会始においては、一般から詠進された約二万首の短歌から選者によって採られた十首の預選歌が、召人、皇族などのお歌とともに、両陛下の御前で披講《ひこう》される。文学作品である短歌を、声に出して読み上げ、節をつけて詠ずることによって鑑賞する披講という形式は、「歌」というものの本来の姿を色濃く残していると感じさせる。詠進された和歌を天皇の御前で披講する年中行事は、もともと歌御会始《うたごかいはじめ》もしくは和歌御会始、あるいは単に御会始などと呼ばれ、その起源は文亀二年（一五〇二）にまでさかのぼるとされる。[1] 以後五百年余にわたって大きな断絶を経ることなく現代にまで続く御会始の長い歴史の中で、制度上の大きな変革が見られたのが、明治の初頭と昭和二十年代である。明治維新、あるいは先の大戦という大きな混乱期を経て、純粋に文化的な行事が生き残るためには、自己変革が必要であったのかもしれない。そして、そのどちらの時期においても、その改革は、この宮中行事を国民に対してより開かれたものにしようとの明確な意思の下に行われた。本稿では、そのような御会始の変化の流れを概観する。特に、筆者は現在歌会始において披講の実技に携わっていることもあり、それぞれの時代に歌の披講を担ってきた披講諸役が、場合によってはその変化に順応し、また場合によっては変化に対抗した様子を中心に見ていきたい。

二、和歌の披講

歌を歌うという行為は、古来ごく自然なものであったろう。特定の相手に歌いかける場合にしても、一人口ずさむ場合にしても、あるいは宴会の席で即興の和歌を披露する場合であっても、歌を声に出して歌うことはごく一般的な行為であったに違いない。山上憶良が「憶良らは今は罷《まか》らむ」と歌った際に、どのような声の出し方をしたのか、今となってはわからない。坊城俊民《ぼうじようとしたみ》は、枕草子に、常陸の介が自作の歌を「ながやかによみいづ」とあることを紹介して、「（披講の）講師《こうじ》の方法に近いものだったと思われる」と書いている。[2] 現在の披講においては、それぞれの歌は、まず講師がほぼ一定の音高で一句ずつ五句に分けて読み上げ、次いで講頌《こうしょう》が節をつけて詠ずる。講頌は一般に数名による合唱の形式をとり、そのうち一名が発声として第一句から詠じ、残りの講頌が第二句から加わる。このような形式は、藤原清輔が一一五七年頃にまとめた『袋草子』に「講師これを読み上ぐ。其音微かならずして一句々々これを読み切る。読み畢りては余人に任せこれを詠ぜず。次に然るべき人々同音にこれを詠ず。但初音をば助音せず。次音は加詠すべきか。」とあることから、すでに十二世紀には完成していたと考えられる。しかし、さらに古くは、おそらく一人講師といって、講頌の披講を伴わない、講師の読み上げだけからなる披講が元にあったと考えられる。十世紀ごろには、右方と左方に分かれて歌の優劣を競う歌合が盛んに行われたが、その際の披講においては、左右それぞれの講師が歌を読み上げるだけの、一人講師の形式をとった。歌合において、判者の判詞を待つ間に、左右それぞれの方人《かたうど》が味方の歌を口ずさんで判者に対してアピールをしたといったエピソードを聞くと、一人講師が、講頌を伴った披講へと変化していくことは、自然の成り行きのように思われる。現在でも、宮中歌会始は講頌が加わる形式で続けられているが、各地の曲水の宴で短冊披講をする際には、一人講師で披講をする場合が多い。

御会や月次の歌会のように定例で行われる歌会では、例えば禁裏の月次の歌会であれば、天皇の近臣や歌の家のもの、そして歌に堪能な個人が集められ、「御人数《ごにんず》」というグループを形成していた。[3] 披講を伴う歌会においては、これらの参集者の一部が和歌を披講する披講諸役を務めた。建保六年（一二一八）に行われた順徳院内裏和歌会では、藤原経通が「音曲」によって披講諸役に入った一方、歌人の藤原家隆が「為歌仙」によって披講諸役を務めた。この際には、「細声」を出した家隆を、音曲の専門家の経通が吹き出して笑うという事態が生じている。[4] 逆にまた、披講諸役を務めているにもかかわらず「大略無音」で通す場合もあったようである。[5] 講頌の場合、複数人の合唱となるので、そのようなことも可能であったのだろう。披講にある程度の技術が必要とされる以上、どこかの段階で、歌の出詠者の御人数とは別に、披講の御人数が出現しても不思議はない。第五節で触れるように、明治期には確立していた披講の御人数が、いつ頃成立したのかについてはわからないが、歌会始の起源とされる文亀二年の御会始について書かれた御湯殿上日記《おゆどのうえのにっき》の「御くわいはしめ、御うたの人すめしてかうせらるゝ」といった記述の「御歌の人数」も、読み方によっては女房が意識していたのは、出詠者の御人数ではなく、披講の御人数であったかも知れないと感じられるのである。しかし、披講の御人数の中に、披講の技術だけを重視する姿勢が入り込むと、次に触れるように、披講諸役から公家の名前が消えるという事態にもつながっていく。

三、明治期における歌御会始の改革

禁裏の歌御会始は、江戸期を通して継続的に行われ、やがて明治維新を迎えることになる。慶応二年（一八六六）十二月十五日に孝明天皇が崩御したため、翌慶応三年正月九日に明治天皇が践祚《せんそ》する。諒闇《りょうあん》の間に御会始が行われた例は存在するが、[6]あくまで例外であり、この慶応三年も御会始は行われていない。また、翌慶応四年は九月になって明治と改元されて明治元年となるが、この年も戊辰戦争の戦乱のさなかであり御会始は行われなかった。そして、明治二年（一八六九）一月二十四日、京都御所の小御所《こごしょ》において、ようやく御会始が行われる。践祚後、初めての御会始は「御代始《みよはじめ》」と称され、例年の御会始とは異なる重みをもつものとして扱われた。例えば、現代の通例の歌会始においては、預選歌などを読み上げた講師が、そのまま御製《ぎょせい》も読み上げるが、御代始の歌会においては、講師とは別に御製講師がたち、講師に代わって御製を読み上げる。また、声は出さないが、儀式全体を司会し、歌の書かれた懐紙を扱う読師《どくじ》についても、御製については御製読師がたつことになっている。実際に、平成三年に行われた平成の御代始の歌会始においても、通例の読師、講師のほかに、御製読師と御製講師が任命されている。明治初年の御会始については、酒井信彦[7]や青柳隆志[8]による詳しい論考があるので、それに従ってこの間の変化を見ていこう。

まず、幕末の孝明天皇在世中の最後の数年間、風雲急を告げる世情の中で、御会始は規則正しく行われている。日取りは、正月十八日、場合によって二十三、四日で、現代の歌会始の日取りである正月十四日前後よりやや遅い。ちなみに、筆者が歌会始の披講諸役を拝命した昭和後期には、曜日との兼ね合いもあるが正月十日から十二日にかけて執り行われていた。

元治二年（一八六五）正月二十四日の披講諸役を見ると、講師は甘露寺勝長、発声が綾小路有長、講頌は飛鳥井雅典、庭田重胤、冷泉為理《れいぜいためただ》、持明院基政、飛鳥井雅望、持明院基和、綾小路有良である。このうち、飛鳥井、冷泉は和歌の家である一方、綾小路、庭田、持明院は、神楽などの楽を家職とする家である。現代の歌会始においては、講頌の人数は発声を含めて五名に固定されているが、このころの講頌の人数は年により多い時少ない時さまざまである。明治に入って最初の御会始は、先に述べたように明治二年（一八六九）に御代始の歌会として御製講師、御製読師をたてて行われたが、その他の披講諸役に大きな変化はない。明治以前と同様に綾小路、庭田、飛鳥井が講頌を務めている。同じく講頌に正親町実徳《おおぎまちさねあつ》の名が見られるが、正親町家も楽の家である。明治天皇は前年十二月に京都へ還幸し、場所もそれまで通り京都御所内の小御所で行っている。

翌明治三年（一八七〇）の御会始は、京都ではなく、東京の皇居に設けられた小御所代で行われることになる。この後、御会始は京都に戻ることはなかった。歌会の制度におけるこの年の一番大きな変化は、皇族や堂上公家、女官、僧侶に限られていた詠進が勅任官にも認められた点である。より開かれた歌会への第一歩である。明治四年（一八七一）正月十八日の御会始では召歌という形で飯田年平、八田知紀という国学者系統の歌人の歌が披露されている。次いで、明治五年には判任官にまで詠進が許される。この後、明治六年には福羽美静《ふくばよししず》[9]と八田知紀が披講歌の選にあたる点者となり、高橋利郎や宮本誉士[10]が説くように、和歌の師範家が力を持っていた体制から、後に御歌所《おうたどころ》の所長となる高崎正風などの国学者が主導する体制へと移行していく。なお、明治期の御歌所については、宮本誉士が『悠久』の前号の特集「明治の宮廷文化Ⅰ」にも「明治期の御歌所[11]」としてまとめているので参照されたい。

開かれた御会始への動きはその後も続き、明治七年（一八七四）からは宮内卿徳大寺實則名での布達により、広く一般からの詠進を募るようになる。この結果、明治二年の御代始の歌会ですら百首であった詠進歌は、明治七年には四一三九首に上った[12]。明治十二年からは、一般からの詠進であっても、選に預かれば御会始で披講するようになる。さらに、明治十五年には、選歌を新聞で発表、明治十七年には選歌を官報に掲載するようになる。御歌会関係の記録を集めた「御歌録」に残る明治十五年の御題「河水久澄」が布達された際に示された詠進歌書式を見ると、「料紙は檀紙奉書杉原紙ヲ用ユヘシ」としながらも、「但遠地郵送ノ分ハ美濃紙薄葉ノ類ヲ用ユルモ苦シカラス」と遠隔地からの詠進の便が考慮されている。さらに、「官位勲等アル者ハ苗字ノ上ニ記載スヘシ」との指示の横には、「元文官位勲等苗字」とあり、「此文ハ官位勲等無之人ニ対シ不宜ト省中ニテ説アリ依テ官位勲等アル者云々注記スル可ニ変セリ」と元の文が変更された経緯が書かれている。宮中に閉じられていた御会始を一般に開かれたものにするにあたって、単に見かけの形を整えるだけではなく、一般からの詠進の便を宮内省の中で細かいところまで考慮していたことがうかがえる。

一方で、このような改革の波は、御人数として披講諸役を担っていた公家にも押し寄せた。明治九年（一八七六）正月十八日の御会始では、江戸期からの公家の名前に交じって雅楽課に属する中伶人《ちゅうれいじん》の芝葛鎮《しばふじつね》の名前が見られる。楽に堪能な地下《じげ》のものが講頌に名を連ねたわけである。明治十年には、芝葛鎮に加えてやはり地《じ》下《げ》の大伶人林広守が講頌に名を連ね、明治十一年には、発声こそ幕末から活躍している綾小路有長が入っているものの、講頌としては林広守と芝葛鎮だけが名前を連ねることになった。このことは、当時の公家に大きな衝撃となっただろう。後に披講会の会長を務めた坊城俊民の昭和三十年代の回想によると、大正から昭和にかけて発声・講頌として活躍した大原重明《おおはらしげあきら》は「もう少しお稽古を遊ばさなければいけません。こんなことでは披講は楽部にとられてしまいますよ。明治のころもさういふことがありました。でもその時は明治さまが、公家の声がききたい、と仰せられたので、また公家の手にもどりましたが[13]。」と言っていたという。おそらくは、危機感を覚えた公家の中に知恵者がおり、明治天皇の御言葉という錦の御旗を引き出すことにより、改革の波を押しとどめようとしたのであろう。また、明治天皇自身にも、急速な改革のために伝統文化自体が破壊されることを危惧する気持ちがあったのかもしれない。いずれにせよ、中山忠能《なかやまただやす》、近衛忠熙《このえただひろ》らによる御歌会式取調御用掛が設置された。ここには、高崎正風と近藤芳樹も入っているが、全体として旧儀復興の方向で議論が進んだことは想像に難くない。この調査に基づいて行われた明治十二年の御会始においては、華族の講頌が復活し、さらには明治九年に一度洋装に変わっていた服装も、直垂《ひたたれ》に戻っている。改革に対する明確な反動といえるであろう。しかし、時代の波にはあらがえず、服装はやがて洋装へと戻される。その中にあって、披講諸役は、明治天皇の御言葉によって公家の手に戻ったのち、現在の歌会始に至るまで、公家の末裔が主に担い続けている。

四、披講の変化

明治二十一年（一八八八）に宮中の和歌をつかさどる常設の機関として宮内省に御歌所が設置され、翌明治二十二年には、それまでの小御所代から新しく作られた明治宮殿の鳳凰の間に場所を移して御会始が開催され、明治期の御会始は一定の安定を見ることになる。名称は、大正十五年の皇室儀制令の附式の中で「歌会始」が採用されて昭和以降用いられた。場所は、昭和二十年に空襲で焼失するまで半世紀以上にわたって明治宮殿が使われ続けた。明治期後半の御会始の式次第は、例えば御歌録に残る明治四十二年（一九〇九）の次第を見る限り、現在のものと流れそのものは一緒である。異なる点としては、現在は、預選者や皇族の懐紙などと重ねられている皇太子、皇太子妃両殿下の懐紙が別扱いになっていて、現在の両陛下の御懐紙と同じようにお席から読師が頂戴してくる点、あるいは、講頌が一首の歌を何回繰り返して詠ずるか（返しの数）が異なる点、そして、諸役や選者の歌を披講していた点、などがあげられる。

では、披講の声の調子はどうだろうか。式次第とは異なり、明治以前の披講の音声の記録は残っていない。現在の所、確認されている最古の音声記録は、大正十年（一九二一）のものと思われる録音である。これは、前述の大原重明がニットーレコードに制作を委託して吹き込んだもので、内容は、大正十年の御会始（題：社頭暁）の際の貞明皇后の御歌を講師の読み上げと甲調と呼ばれる調子で披講したものと、君が代を乙調、上甲調と呼ばれる調子で披講したものである。これを聞く限り、現在、歌会始で行っている披講の流儀と変わらないように思われる。しかし、それ以前の披講については、直接的な証拠は存在しないし、五百年の時を隔てて口伝によって伝えられた披講が全く変化していないと考えるのはむしろ不自然であろう。披講の調子の変遷についての論考としては、冷泉為臣による「冷泉流披講小考」[14]がある。ここでは、冷泉流と二條流（これが綾小路流に引き継がれた）という二つの流派の披講の比較から、披講の調子のいわば「進化」が考察されている。和歌披講譜という披講の音の流れと音高を示した譜面からは、江戸期以前の披講が比較的保存されているのに対し、明治に入ってからの披講は、調べそのものが大きく変化を遂げているとの指摘がある[15]。これについては、先に触れた、明治九年から十一年にかけて地下の楽人《がくにん》が披講諸役を担ったこと、江戸期から発声《はっせい》などとして披講諸役の中心人物であった綾小路有長が明治十四年に没したことが関係しているかもしれない。有長の子俊賢は早くに没していたため、綾小路家を継いだ時点で、孫の有良はまだ二十五歳であった。若かった有良は後に雅楽部長なども務めており、青柳隆志が論ずるように、より「雅楽的な」方向への披講の変化に比較的寛容だった可能性が考えられる。

五、「御人数」のその後

御歌所が設置され、宮中の和歌は御歌所の職掌のひとつとなったが、この御歌所に置かれた主事、寄人《よりうど》、参候、録事といった職は、直接、披講の諸役と結びつくものではなかった。披講諸役を務めるものが寄人や参候になっている例は多くみられ、大正十五年（一九二六）には御歌所の主事であった松平乗統《まつだいらのりつな》が講頌の練習に参加するようになった記録などもあるが、その間に一定の対応関係が見られるわけではない。御歌所の制度の下においても、講頌御人数もしくは講師御人数という、制度に完全には組み込まれない集まりとして、披講諸役を務めるグループが存在していた[16]。明治期も後半には、講頌と講師がそれぞれ異なる訓練を受ける別のグループとして存在し、歌会の参会者としての御人数とは明確に区別されていたことがわかる。

そのような状況のもと、大正十五年二月八日に御歌所長であった入江為守の自宅で、歌御会始の披講に関する講習研究のための会の設立が相談、決定された。この会はその後、披講諸役として現在の歌会始の披講諸役を担う披講会へとつながって行くことから、その歴史をざっと見ていきたい。創立メンバーは、伯爵大原重明、伯爵庭田重行、子爵長谷信道、男爵西五辻文仲、男爵金子有道、男爵今園国貞の六名で、今園だけが講師としての参加、残りの五名は講頌としての参加である。単に「講習會」と名付けられたこの会は、その日誌に依れば、入江邸を練習場所にして、さっそく二月二十四日から練習を開始し、以後、月二回程度の練習を継続していくことになる。同年十二月十五日に大正天皇崩御の為、「奉悼ノ意ヲ表し《ママ》当分休会」としたが、大喪も第三期に入った翌年四月二十五日に練習を再開し、昭和七年まで、年に十回から十五回の練習を重ねている。昭和九年には長谷信道、昭和十年に西五辻文仲が没するが、ちょうどこのころから、藤枝雅脩、杉渓由言《すぎたによしとき》、綾小路護、秋田重季《あきたしげすえ》といった新しいメンバーが加わってくる。昭和十一年には、入江御歌所長が急逝したため、練習場所を華族会館に移しているが、その後も原則月二回の練習が続けられる。講師と講頌の練習だけではなく、歌会始の直前には、その年の読師が練習に参加して所作を確認することも行われている。

「講習會」の名称は、その後「講師講頌練習会」に変更される。ここで、名称に講師と講頌を入れていることも、上記のように講師と講頌が異なる練習を求められるものであるとの認識を示すのであろう。この認識は戦後にも引き継がれ、披講会の会長を務めた坊城俊周《ぼうじようとしかね》は、対談の中で、「講師の方は、講頌はなさらないのでしょうか」との質問に対し、「しません。本当は講頌も講師をしてはならないのです。本来別のものですから。たとえ節を知っていたとしても、自分では歌わないものです。『一人講師』の時に講頌がするのも、本来はいけないので、『一人講頌』などは昔から存在しません」と答えている。(17)昭和に入ってからは、講師講頌練習会が基本的に披講の御人数の役割を果たしていたが、戦争が激しさを増す昭和十九年十月九日の練習の際に「空襲で外出も心に委せざる時期となりました為暫時休会を申合わす」こととなる。昭和二十五年ごろまでの戦後の混乱期は、練習どころではなかったようであるが、歌会始の諸役は、この講師講頌練習会のメンバーから出続けている。戦後から現在に至るまでの間に歌会始の講師講頌を務めたものの中で、この会の定例の練習会に名前が見られないのは唐橋有知ただ一人であり、その唐橋も、会のメンバーが京都に出張して京都披講練習者を招集して練習を行った折には、これに参加している。戦後すぐの時期には、坊城俊民、五辻規仲、坊城俊周といった筆者も直接知る先輩方がメンバーとして新しく加わっている。日本の敗戦の直後に、日本の伝統文化である披講の練習を始めたことについて、坊城俊周は「〈誰もやらないことをやりたい〉これが敗戦直後の私の考え方の一つでした。その一環として、歌会始の和歌披講を学びたいと、父・俊良に頼みました。父は早速大原重明伯を紹介してくれました。」と語っている。(18)会の練習は、昭和二十三年から二十五年にかけて、ようやく年二回だけ大原重明邸で再開され、昭和二十六年からは月一回の練習ペースにまで戻っている。また、この年の十月には、三條実春、杉渓陽言《はるとき》、翌昭和二十七年の十月には、秋田一季《かずすえ》が加わり、昭和の後半を支えるメンバーが顔をそろえることになった。

昭和二十一年に御歌所が廃止になってから、御歌所の職掌のうち、毎月の月次の歌会は宮内庁侍従職に、歌会始の開催は宮内庁式部職に引き継がれる一方、歌の選歌は次に述べるように一年ごとに民間歌人に委嘱する形をとり（選歌の事務自体は歌会始委員会に引き継がれる）、披講諸役についても個人に委嘱する形が取られた。したがって、当初は、講師講頌練習会のメンバーに、その年の歌会始のたびに諸役の辞令が下されていた。しかし、歌の選者は個人でその年ごとに選歌することが可能であるのに対して、披講諸役は普段から共同作業で練習を積む必要がある。このため、昭和三十八年四月よりは、会（昭和三十五年にさらに披講会と名称を変更している）のメンバーが宮内庁式部職の非常勤嘱託として継続的に採用される形をとるようになり、これが現在でも続いている。

六、むすび――国民行事としての歌会始――

戦後初めての歌会始は、昭和二十一年に行われているが、この時点では御歌所が存続しており、戦後でありながら、戦前の体制の下での歌会始であった。これは、明治二年の歌会始が、維新後でありながら幕末の体制を引き継いだものであったことに対応させて考えることができよう。しかし、翌年の昭和二十二年の歌会始は、大きく形を変えて行われた。まず、それまでの「春風来海上」といった漢文調の御題から、「車」「風」「波」といった漢字一文字の親しみやすい御題となった。題詠と言いつつも、現在の歌会始の場合は、その御題の漢字が歌に詠みこまれていることが求められている。平成二十七年だけは、詠進要領に「さらに、本を著す内容であれば、『本』の文字がない場合でも差し支えありません。」とされたが、これは一年限りで、翌年からは「お題は『人』ですが、歌に詠む場合は『人』の文字が詠み込まれていればよく、『人材』、『若人』のような熟語にしても差し支えありません。」と元に戻っている。これは、万単位の詠進歌が寄せられる歌会始において、題にかなった歌かどうかの判断をするためには、漢字の使用を基準にするしかないことを反映しているのだろう。そして、この御題が「本」であった年でも、その年の大御歌は「夕やみのせまる田に入り稔りたる稲の根本に鎌をあてがふ」というものであった。漢字を読み込むことを条件とすることは、逆にとらえれば、本というお題であっても漢字さえ入っていれば書籍にとどまらない広いテーマについての作歌が可能になることを意味する。漢字をきっかけにして歌を作ることは、作歌の初心者にとってむしろハードルが低い場合もあるかもしれない。お題の漢字を入れるとの規定は、必要に迫られてのものであるかもしれないが、結果として普段は歌になじみのない人々がより詠進しやすい形になっている側面もあるだろう。とはいえ、昭和二十年代の詠進歌数自体は、詠進どころではない戦後の厳しい生活が反映されてか、その前後の時代よりもむしろ少なくなっている。

御題の変更以上に大きな改革であったのは、選者の人選である。それまでの選歌は、御歌所の点者、寄人などによって行われており、例えば昭和二十一年の選歌は、点者として鳥野孝次、これに寄人の大原重明、武島又次郎、遠山英一、外山且正《とやまかつまさ》の四名が加わっている。これに対して、昭和二十二年からは、選歌が民間歌人に委嘱され、昭和二十二年の歌会始の選者は、佐佐木信綱、斎藤茂吉、窪田空穂、千葉胤明《ちばたねあき》、鳥野孝次の五名になった。民間歌人といっても、このうち佐佐木、千葉、鳥野の三名は御歌所の寄人であった人物であり、鳥野孝次は（木俣修によれば千葉胤明も）旧派の歌人である。千葉胤明は昭和二十一年には召人であった。これらの選者による戦後すぐの選歌の様子に関しては、後に侍従長になった入江相政《いりえすけまさ》が『宮中新年歌会始』[19]に書き残している。在野の歌人である斎藤茂吉が「命にかえて採った」と言って推した高柳勝平の預選歌「あけぼのの大地しっかとふみしめて遠くわれは呼ぶ祖国よ起てと」は、昭和二十一年までの歌会始の歌に慣れていたものにとっては衝撃であったに違いない。そして、この歌を斎藤茂吉以外に唯一推したのが旧派の鳥野孝次であったという事実は、入江相政が言うように「深い意味がある」ように思われる。

この後、昭和二十三年には預選者が式の後に両陛下に拝謁し、式場を参観できるようになる。昭和二十四年には、預選者が隣室で披講を聞くことができるようになる。さらに昭和二十五年には預選者の歌会始参列が実現し、昭和二十六年からは預選者が賜物を賜るようになる。この時期には、このようにほぼ毎年何らかの改革がなされ、いわば一般国民の代表ともいえる預選者と宮中の儀式の距離を少しでも縮めるように歌会始は変わっていったのである。さらに昭和三十七年には、歌会始がテレビ中継されるようになり、誰もがその様子を見ることができるようになった。また、陪聴者の数も増やされていく。明治宮殿が焼失してからは、仮宮殿としていた宮内庁の庁舎の三階の表一の間において歌会始を開催していたが、多くの陪聴者を入れることは困難であった。そのため、昭和三十六年には西の間、テレビ中継の始まった昭和三十七年からは北の間に場所を移している。昭和四十四年に新宮殿が完成し、それ以降は新宮殿の正殿松の間で開催されるようになり、現在に至っている。

御題が平易になり、選者が民間歌人に委嘱され、その様子がテレビに放映されるようになったことにより、歌会始は一般に広く開かれたものとなった。かつて宮中の中に閉じられた儀式であった歌会始は、明治初期の改革により一般国民からの詠進を受け付けるようになった。そして、戦後の改革により、この方向性はさらに進められ、詠進した歌が選ばれさえすれば、だれもが歌会始に参列できるようになった。二度の改革を経て、今や詠んだ歌が優れていれば、経歴には関係なく、例えば中学生であっても、両陛下の前でその歌が披講される。明治二年に京都で行われた歌御会始をはじめとする数々の宮中行事のほとんどは、その後行われることなく途絶している。[20]その中にあって、歌会始が今日に至るまで継続してきた背景には、歌会始を国民参加の行事とすべく改革を重ねてきたことがあるだろう。天皇の命により秀歌を集めた勅撰集は永享十一年（一四三九）に成立した新続古今和歌集を最後に途絶した。その途絶の原因となった応仁の乱がおさまった十六世紀の初頭に年中行事として定着した御会始は、国民参加の歌会始へと形を変えることにより、毎年の選歌という形で現代の勅撰集の役割を果たしているように思われる。

（初出『悠久』第一五四号）

[付記]

本稿をなすにあたり、ご意見を賜った東京成徳大学教授、青柳隆志氏ならびに資料の入手にご協力いただいた國學院大學の高城まさ子氏にお礼申し上げる。

[注]

（1）酒井信彦「和歌御歌会始の成立」『日本歴史』第五八五号（吉川弘文館、平成九年）
（2）坊城俊民「歌会始と披講―その由来と意義」『宮中歌会始』（実業之日本社、昭和五十四年）
（3）高柳祐子「和歌史の岐路に立つ天皇―後柏原天皇と御会の時代―」国語と国文学第八十六巻第八号（東京大学国語国文学会、平成二十一年）。
（4）青柳隆志「朗詠と披講について」『伝統文化鑑賞会「和歌の披講」』（日本文化財団、平成十年）。
（5）『園太暦』貞和二年（一三四六）十一月九日条。
（6）前掲「和歌御会始の成立」。
（7）酒井信彦「京都御所における和歌御会始」『伝統文化鑑賞会「和歌の披講」』（日本文化財団、平成十二年）。
（8）青柳隆志「明治初年の歌会始」『和歌文学研究』第八五号（和歌文学会、平成十五年）。
（9）高橋利郎『近代日本における書への眼差し』（思文閣出版、平成二十三年）。
（10）宮本誉士『御歌所と国学者』（弘文堂、平成二十二年）。
（11）宮本誉士「明治期の御歌所」『悠久』第一五三号（おうふう、平成三十年）。
（12）前掲『近代日本における書への眼差し』。

(13)坊城俊民『歌会始』(五月書房、昭和五十四年)。
(14)冷泉為臣「冷泉流披講小考」『田邊先生還暦記念東亞音楽論叢』(山一書房、昭和十八年)。
(15)青柳隆志「披講甲調冒頭部の変化について—明治期歌会始の唱法—」『古筆と和歌』(笠間書院、平成二十年)。
(16)滋野井實麗「歌御會始に關する講話」國學院雑誌第十二巻第四号(明治三十九年)。
(17)坊城俊周「披講会坊城会長に聞く」『和歌を歌う　歌会始と和歌披講』(笠間書院、平成十七年)。
(18)坊城俊周「能楽と私」『観世』第七十五巻四号(檜書店、平成二十年)。
(19)入江相政「歌会始こぼれ話」前掲『宮中新年歌会始』。
(20)前掲「京都御所における和歌御会始」。

寄稿

歌会始という空間

――平成三十一年の歌会始を陪聴して

寺井龍哉

今年の歌会始の儀は、一月十六日の午前十時三十分から、皇居の正殿松の間で行われた。陪聴者は午前九時二十分より、坂下門から参入することができる。私はモーニングコートを着用する必要のため、その時刻からさらに一時間ほど前に坂下門から近い場所にあるホテルの地下の貸衣装の店舗に入った。寒風は吹いていたがよく晴れて、慣れぬ服装でホテルのロビーに立ったときには、陽光が白く室内にとどいていた。

私が短歌を読んだり作ったりするようになって間もなくの頃、親類や友人にそのことが知れると、歌会始のことか『サラダ記念日』のことがよく話題に供された。年配のひとに多かったように思うが、短歌を詠むことと歌会始での入選をめざすことが発想として直接に結びついているひとがすくなくないことを、そのとき私はかなり強く実感したものだった。寺山修司の短歌に熱中していた私にとって、前衛短歌と呼ばれる作品群や歌人の群像は親しいものであったし、その出発点が歌人たちの戦争協力への反省や敗戦後の第二芸術論への反駁と不可分の位置にあると考えるようになったのは後のことではあるものの、漠然と自分の眼前にある短歌は歌会始の儀とはかなり縁遠いもののように見えた。同じ三十一文字の詩型に対峙していようではありながら、手近の歌集や雑誌で読める世界とはまた違う世界のあるらしいことを感受していたのである。

◇

坂下門から皇居の内部へ入ってゆくときは、番号と模様の入った指定の白い厚紙を自動車のフロントガラスの内側に表示しなければならない。「標識」と呼ばれるものである。その規定はおよそ、自動車以外の手段で坂下門をくぐろうとしてはならないという意味を含み持つのであろう。

皇居前広場のへりをなぞるようにして車は西向きに坂下門へ近づいてゆき、数名の警備の確認を受けてから門を抜けた。門の向こうは車道が急に広くなって、速度を上げた車は勢いよく傾斜をのぼる。角ごとに誘導の係員が見えて、たちまち皇居宮殿の長和殿の車寄せに到着した。つい先ほどまでそのただなかにいたはずの、渋滞ぎみの車列や喧騒が嘘のようで、東京の中心に緑に囲まれた静閑の空気とひろびろとした殿舎があることは不思議であった。この不思議さは、ときどきに歌会始の話題を差し向けられながら寺山修司を読んでいた私の困惑の、その一部が具体的な形をとりはじめたようでもあった。

長和殿は細長い方形の建物である。庇の下で車を降りて数段の階段を上り、玄関の正面右側の受付で手荷物を預け、またすすんで左前方にある階段を上る。長い廊下の左手は大きなガラス窓になっていて、陽光を浴びながら控室に向かう。薄い色の絨毯には革靴のあとがいくつも、それぞれの歩幅を示すようについているのがはっきりと見えた。控室は天井の高い、ちょっとした講堂ほどもある部屋で、四方の壁に背を合わせるようにぐるりと椅子が並べられていた。ここに集められるのは陪聴者のみで、選者や入選者などの姿はまだ見えない。

隅の方に腰かけて、あれこれ考える。今回の歌会始が特別な意味を持っているとすれば、それはまず平成という元号の下で行われる最後の歌会始であるという点にある。和歌がひろく公募され、そこから選ばれた作品が皇族の人々の前で朗詠され、また逆に天皇、皇后の歌もまたその場で披露されるということがすでにひとつの不思議な事態であるのに、時代に関わる複雑な意味もまたそこに見出だすことが求められているような状況である。幾重にも入り組んだ意味の諸相は、慎重に読み解かれなければならないだろう。午前十時二十分頃、職員に名を呼ばれた順にひとりずつ控室を退出し、列になって儀式の行われる正殿松の間へ向かう。最初に名前を呼ばれたのは内閣総理大臣の安倍晋三だった。その足どりを見た。

長和殿の控室から正殿までも長めの廊下である。陪聴者は松の間の前で左右ふたつの出入り口に交互に振り分けられ、結果として松の間の両側の椅子席に、二手に分かれて座を占めることになる。私は衣装を借りるときに教わったとおり、上着の後ろの裾をのれんのように両側にわけて、尻に敷かないように気をつけて座ったが、周囲で同じようにしているひとは見あたらなかった。誰も誰も裾をぞんざいに扱って、それほどにはモーニングを着慣れているのだと思った。しばらくあって入選者、選者、召人らが姿を現わし、陪聴の席に挟まれた後方に、部屋の奥にやがて並ぶことになる皇族の人々に向き合うようにして座った。中央には大きめの卓と数名分の椅子があり、そこが披講役の席だということはすぐにわかった。

歌会始の現場で披露される入選者や天皇、皇后の歌々が、発声のみで示されるということに私は興味を持っていた。異様な事態と感じられるからである。一般に、文芸作品が享受されるひとときを、現今ではほぼ沈黙が支配していると言っていい。黙って本や雑誌をひろげ、文字の上に目を走らせることが一般的な文芸への対し方になっている。そのとき、書かれた文字に注がれる視線は言うまでもなく個人のものであって、ひとつの書面を複数名でのぞきこむということはありえても、限界がある。読書という行為はいま、作者と読者の個的な対峙によって実現しているのである。このことは、室内で朗々と唱えられる音声が容易に多数の耳に届けられることとは、根本的に異なるだろう。

ノックの音がして奥の扉が開き、皇族の人々が入場する。その靴音が意外なほどにはっきり聞こえ、それだけ列席者が静寂を保っていることがわかる。この驚くべき静寂は、歌の朗詠と最小限の言葉のみを発する人の声の存在を際立たせる。当日に披露された歌々を印刷した冊子が手元に与えられるのは儀式の終了後のことであり、陪聴の際には、その声のみに耳を傾けなければならない。読み落とした部分をあとからさかのぼって確かめたり、自分の都合にあわせて目を往還させたりはできないから、やはり個人的な読書とは勝手の違う緊張感が伴う。演劇や舞踊の上演に似ている。

◇

かつて藤原俊成は『古来風躰抄』のなかで「歌はただよみあげもし、詠じもしたるに、何となく艶にもあはれにも聞ゆる事のあるなるべし。もとより詠歌といひて、声につきて善くも悪しくも聞ゆるものなり」と書いた。声に出して読み上げたときに感じられることに歌の優劣の判断の基準を置いて考えていたらしいことがうかがえる。

俊成が、式子内親王の依頼に応じたとされる歌論の序にこう書かねばならなかったということは、逆に声に出して耳で聞くことによって歌を受けとめる態度が見落とされやすいものであることの証左のひとつのようにも思われる。大岡信はこの記述について、「彼が歌合最盛時である後鳥羽院時代の歌界の第一人者であり、権威ある歌合の判者であったこととも関係があるだろうが、そればかりでなく、歌の価値を理智的に弁別し、技巧的に分析してあげつらうことの弊害を正そうとする、はっきりした思想を抱いていたことによっていよう」と述べている（『紀貫之』筑摩書房）。知識や論理、あるいは修辞の分析を基礎に作品を論ずることが現代の短歌の批評の役割であることを認めるならば、そしてその作業が静的なテクストを左見右見しながらなされるものであるなら、歌の朗詠は聞き手に、それとはまったく異なる表情を求めているはずであろう。

◇

披講役が粛々と着席し、「年の初めに」の発声が長くのばされたのちに、今年の題「光」と入選者の姓名が紹介される。そして歌の朗詠が始まる。誰にもそれとわかるような開会の辞のようなものはまったくなく、沈黙を破って発声がなされ、そのまま進行してゆく。荘重である。

入選者の歌について、朗詠は一首につき二度行われる。まずは披講役の一名が歌を読みあげる。このときは各句の末尾を長くのばす以外は一般的なアクセントを崩すことはなく、聞き慣れていなくても意味を理解することは難しくない。それが終わると、今度は複数の声で、独特の節回しをつけて詠唱される。これはそれぞれの語のアクセントにかかわらず、どんな歌も同じ節で誦されるため、意味をとらえるのはやや難しい。最初の朗読的な朗詠の時点で意味がわかっていればよいが、そうでなければ曖昧な音楽に眩惑されるような具合になる。入選者の一人目の歌は、初句から私を驚かせた。

ペンライトの光の海に飛び込んで私は波の一つのしぶき　　加賀爪あみ

「ペンライトの光の海に」までで、音楽のライブ会場の様子に材を得たものであることはすぐにわかった。全体に平明だが、最後に波濤のイメージを出したところに工夫があると言えよう。「海」、「飛び込む」、「波」、「しぶき」という語彙の一連で、一貫した雰囲気を醸すことにも成功している。静寂に領された空気のなかに重々しく歌が朗詠される場に、賑やかなライブ会場の光景が持ち出されたことは私を楽しませた。

風光る相馬の海に高々と息を合はせて風車を組めり　　鈴木仁

鮮やかな海辺の光景が音声とともに立ち上がる。私は瞑目してこれを聞いた。瞼の裏に、すこしずつ映像ができあがってゆく様子は、追憶のなかの景色が脳裏によみがえるときのような感覚をもたらした。文字で読むよりもはるかに、内面の深部で理解が進むような感触がある。しかし私は結句の「風車を組めり」を朗読の時点で聞きとることができなかった。活字にして読んでしまえばまったく難解な言葉ではないにもかかわらず、「ふうしゃおくめり」の語の並びをとっさに漢字仮名まじりの表記に変えることはできなかったのである。ただ音韻のもつ曖昧な印象だけが残った。

入選者は十名で、およそ年齢の順に朗詠されるらしい。

最初の入選者は学生服姿の女性だった。一首ずつ朗詠の前に姓名が紹介されるが、姓と名の間には「の」が挿入される。名が呼ばれると本人が起立して、皇族の人々と顔を対させることになる。入選者たちや選者、召人が着席している位置と皇族の人々の着席する位置の間に、披講役の面々が卓を囲んで着席しているから、あたかも歌が、入選者たちから披講役を介して皇室に届けられるような動線を仮構できる構図になっている。陪聴者はその線からすれば脇道である。

姓と名の間に「の」が挟まれることは入選者らが外国語ふうの名前を持たず、主として漢字で表記される名前を持つことを、ある程度前提にしていると言えるだろう。そのような名を持つ者たちが年齢の順に並び、歌を提出する。そういう関係が演じられる空間が歌会始の場であると見ることができる。また年齢順の秩序はこの場において一貫していて、陪聴者が正殿に誘導されるときも役職や立場を考慮したうえで基本は年齢順になっていたし、儀式の終了後に陪聴者に配布された「平成三十一年歌会始御製御歌及び詠進歌」の「選歌」と「佳作」の項目の標題には括弧付きで「詠進者生年月日順」と記されている。皇族の人々の序列もまた、年齢と性別が序列の先後の基調をなしていることは言うまでもない。

ひと雨の降りたるのちに風出でて一色《いっしょく》に光る並木通りは
鷹羽狩行

手づからに刈られし陸稲《おかぼ》の強《こわ》き根を語らせたまふ眼差し光る
篠弘

今年の召人は俳人の鷹羽狩行、選者五名からは篠弘の歌が詠唱された。鷹羽の一首は雨後の光景をなだらかに詠んでいる。「一色に光る」という大胆な把握が雄渾の感を与えるようである。篠の歌はおそらく、以下の歌を踏まえているだろう。

夕やみのせまる田に入り稔りたる稲の根本に鎌をあてがふ

平成二十七年の歌会始、題は「本」であったときの御製である。「たまふ」の敬語が用いられていることからもそれと推される。歌会始に天皇として参加することの最後の機会に、という心入れもあったことと思われる。

◇

召人、選者の歌のあとは、皇族の人々の歌へ移る。

山腹の洞穴《どうけつ》深く父宮が指したる先に光苔見つ

秋篠宮文仁親王の歌である。山中にある洞穴の奥深くにて、父が指し示した先にヒカリゴケを見たという。助動詞の「つ」は意志的な動作の行われたことを示すことが多いから、一首の内部の主体の行為の力点もやはりそこにあると見える。暗い洞穴の深部で、ヒカリゴケの輝きをたしかに見た、という強調がある。数か月の先には天皇として即位する兄を輝く「光苔」に擬し、その姿が「父宮」の指をさした先にあるという関係を発見することは容易だろう。いま事情を勘案することはつまらぬことのようでもあるが、必然性のないことではない。たとえば数世紀の後の学者は、そう読まざるをえないだろう。

雲間よりさしたる光に導かれわれ登りゆく金峰《きんぷ》の峰に

東宮の歌もまた、来たる即位を前にした決意の歌と読める趣を十分に持っている。「金峰」は「きんぷ」と読むのだが、そして私はその音は聞きとれたものの自信をもって漢字をあてて理解することはできなかった。先の「山腹の」の一首に呼応するような内容でもある。いずれも山に場を設定し、その山中と山の上空に、それぞれ「光」を見ているわけだ。ただ先の理解にそくするなら「光苔」が東宮を指している一方、「雲間よりさしたる光」は自身を導くものと位置づけている以上、これは「父宮」のことであるとするのが穏当にも思われる。

今しばし生きなむと思ふ寂光に園《その》の薔薇《そうび》のみな美しく

皇后の御歌に巧みな修辞や大胆な把握が見られることはおそらく周知のことだが、本年の一首はその点では直情の迫力を感じさせた。「今しばし生きなむと思ふ」は気力の充実した生への姿勢を感じさせる表現ではない。特に「今しばし」の「今」は、いまひとつ、とか、いま一歩、の「いま」であって限定性を持つ語彙である。自身が老境にあることを受けとめつつ、——そして「寂光」もまた何と静かで淡い輪郭の言葉であることか——庭に咲く薔薇の花の美しさを称揚する。とりどりに色づく姿に身を寄せるようにして生への意志を確かめている表現だろう。

贈られしひまはりの種は生え揃ひ葉を広げゆく初夏の光に

御歌の「薔薇」に対し、御製は「ひまはり」を詠んだ。御歌と併せて読めばここでは自身が向日葵の様子にかさねられているというよりは、これから盛んに生育するべきこの植物に次代への希望を託すような意図を感じる。向日葵の晴朗なイメージ、それが最盛期を迎える手前の初夏において注目されていること、が意味を持った一首である。

◇

御製の朗詠をもって歌会始の儀式は終了する。入選者から皇族へ、親王から皇太子、皇后、天皇へという歌の披露の順序はそのまま場の成員の序列である。意図や現実的な効果にかかわらず、そう理解できるようなしくみによって歌会始の秩序が成立していることは注意すべきである。支配と服従の関係はあとかたもないとしても、かつ天皇が国民統合の象徴であると規定されても、入選者に代表される津々浦々の作歌者たちと天皇の間の上下の関係は否定しさることができない。そのことを実感する。空間の配置もこれに対応する以上、その関係を軸にすることによってしか、ほとんど儀式が成立しないのだろう。その強固な束縛を感じさせることによって、この儀式の荘重さの一部が保持されていることはたしかである。

また、この儀式において入選者たちと皇族の人々の間にとりかわされる短歌、和歌というものが、どうしようもなく私の知る現代の短歌というものとは連続的に把握できない部分があるということも、実感的に理解されることであった。作品の性質もそうだが、発せられ、受けとめられる形式において、ことにそうである。歌の一首一首が音声のみによって伝えられ、取り交わされる。そしてその意味を文字で読んだときと同じように理解することが難しい局面もすくなくない。たとえば御歌の「薔薇」を「そうび」と読まれて、ただちに意味を理解できた者があの場にどれほどいたか、私は危ぶむ。それがわからなくては一首の歌境どころか、歌意もつかめないはずだ。

歌の言葉の意味を同席者の過半が理解できなかったとしても、それでも歌会始の儀は進行する。あたかも手順を進行することに意味があるかのようである。作品に手ずから触れて、その解釈の方法をあれこれとしつこく討究することができないようなかたちで、短歌が眼前に示されてゆく。一首一首の短歌はまぎれもなく言葉の意味をまとって存在しているのだが、その巧緻を剝ぎとって歌の裸身をさらすことが、朗詠による効果だとも考えられる。先に引いた俊成の、和歌の朗詠への感覚もここから遠くはないだろう。

だが重要なことはもっと手前にある。聞き手の理解を強いて期待することなく粛々と進行する態度の向こうに、煩わしい意味の束縛を離れた豊饒があり、むしろ歌の解釈や歌論を営々と云々しつづけようとすることが、一時的な熱狂のようにも思われてくるのだ。

歌会始の儀から十日あまり後に、安倍晋三首相は施政方針演説を「平成最後の施政方針演説を、ここに申し述べます」と始め、すぐに生前退位と新天皇の即位に触れた。そして平成の時代が多くの災害に見舞われたことを述べつつ、「被災地の現場には必ず、天皇、皇后両陛下のお姿がありました」と続ける。首相官邸のホームページを参照すれば、さらに次のような文言が述べられたことが確認できる。

平成は、日本人の底力と、人々の絆がどれほどまでにパワーを持つか、そのことを示した時代でもありました。

「しきしまの　大和心のを丶しさは　ことある時ぞあらはれにける」

明治、大正、昭和、平成。日本人は幾度となく大きな困難に直面した。しかし、そのたびに、大きな底力を発揮し、人々が助け合い、力を合わせることで乗り越えてきました。

手元の『明治天皇御製類集』（三省堂）は、「「明治天皇御集」中より、特に皇國の民の教訓と拜し奉る御製を抄録」し、「徳目別に類集」したものであると、その巻頭言にある。一九三七年の発行である。安倍が引用した「しきしまの」は、「誠」「養心」「克己・戒慎」「忠君愛国」などの徳目のうちの「大和魂」の部分に収録され、頁の下段に付記された通釈には「平和の時は溫順なれど、事ある時は本性の雄々しさを現はすとなり」とある。一首の右には明治三十七年の作である旨が示されている。同年二月、日本はロシアに宣戦した。

この日に国会で行われたのは、明治天皇御製という和歌に対する過剰な意味の付与であり、その利用である。これに対置してみれば、歌会始の儀で行われていることは、朗詠の対象とすることによる言葉の意味の希薄化ではないか。誤解を恐れずに言えば、この殿舎のなかでは歌の言葉の意味が希薄化され、声の骨格が際立つようだ。そう思えた。それは儀式性の重視と表裏をなす。そこには、儀式の形式の粛然たる進行というかたちをまとって、私の手元の言葉ではとらえがたい意味が充満している。

それぞれの思惑があとから追いかけてこの儀式に意味を与えようとしたとしても、その説明はつねに過剰なものになってしまうだろう。

◇

寺山修司や俵万智とは違う、和歌の世界がたしかに存続していることにあらためて驚きつつ、言葉の運用の方法の面でも反省され、再考させられることの多い機会だった。短歌が美しく楽しいものである反面、不可思議で危ういものであることは誰もが感じていることだろうが、短歌はその性情を現実的にすこしも手放してはいない。それをどう扱うのか、モーニングを脱ぎながらまた考えた。その日は遅くまで好天だった。

（この原稿は平成三十一年三月に書かれたものであり、呼称は平成三十一年歌会始時のものとした）

演出家・宮本亜門 VS. 歌人・三枝昂之

「歌の力」について語ろう。

海外でオペラ演出家として活躍している宮本亜門氏は、黒澤明の名作「生きる」をミュージカル化した。「生きる」では「ゴンドラの唄」（吉井勇作詞）が有名だが、「歌」はどこまで物語を、人物の内面を表現できるのか。さらに、二人は、「平成の天皇・皇后両陛下の歌」について語り合い、大御歌と御歌の、「歌の力」について語った。（初出＝『短歌研究』平成三十一年一月号）

言葉が、「歌」になったときに伝わるもの

三枝　京都の上賀茂神社で毎年四月に「曲水の宴」が行われますが、昨年のそれに宮本亜門さんが奉行として、私が歌人として御奉仕、その繋がりが今日の対談を可能にしたのですね。お忙しい中、貴重な機会をありがとうございます。亜門さんはジャンルを超えた演出家として幅広い活躍をなさっていますが、亜門さんが演出なさっている「音楽の歌」、そしてわたしたちが作っている「短歌という歌」、その共通の歌の力について語ろうというのが、今回のテーマです。

また、この対談が掲載される「短歌研究」の新年号は、天皇陛下と皇后陛下の御製と御歌を特集していますので、後半は、両陛下の歌についても語り合いたいと思います。

亜門さんは、ミュージカルの演出が中心というイメージがありますが、今はどうなんですか。

宮本　今はオペラが多くて、海外ではオペラの演出家として活動しています。アメリカではミュージカルが盛んですが、ヨーロッパではミュージカルよりどちらかというとオペラのほうが主流です。僕はミュージカルで演出家デビューしましたが、お芝居や歌舞伎の演出もさせていただいたり。ちょっとジャンルを超えすぎていると非難されることもあるんですが（笑）。

三枝　ミュージカル、オペラには歌がどうしても不可欠な要素になりますね。まず、せりふではなく歌で伝えるということの魅力というか、「力」について、どうお考えになっていらっしゃいますか。

宮本　ミュージカルもオペラも、あるメロディやリズムに乗せて、人が人に語りかけるとき、特別な力が生まれます。ちょっと大げさな言い方をすると、自分たちの心臓の鼓動というリズム、呼吸を含めて、人間の生物としての活動そのものも一つの音楽だと僕は理解していています。宇宙が生まれる時の「ビッグバン」のドーンという壮大な太鼓から始まり、いろいろな音が音楽として私たちの体に、人々の生活に脈打っているのではないでしょうか。歴史的に見て西洋も東洋も同じです。日本でも古来から相手に歌で気持ちを伝えますね。相手に自分の内面を伝えるとき、言葉よりむしろ歌が、その人の内面を、繊細に、かつ深く伝えられるのだと思っています。

三枝　私は短歌の作者ですから、短歌をはじめ、広く歌というものにはどういう力があるかを常に考えます。まず言葉そのものに力がありますよね。「おはよう」というなにげない言葉にも人を共鳴させる力がある。その言葉の力、プラス、リズムの力の相乗作用が働いて、亜門さんが今説明して下さったように、歌となったときに言葉以上の独特の力が生まれてくるのではないでしょうか。例えば倭建命《やまとたけるのみこと》の思国歌《くにしのびうた》を読んでみますと、「其《そこ》より幸行《いでま》して、能褒野《のぼの》に到《いた》りましし時に、国を思《しの》ひて歌ひたまひしく」という地の文があり、「大和は国の真秀ろ

ば畳なづく青垣山籠れる倭し美し」と歌の部分がくるわけですよね。やはり、地の文と歌の部分の濃密さが違います。これをミュージカルにしたらどんなにすばらしい場面になるだろうかと思ったりするんです。

宮本　なるほど、面白いですね。いまうかがった倭建命《やまとたけるのみこと》の歌には、余韻と、間《ま》があって、想像力をかきたて、まるで自分がその場にいたかのような気持ちにさせられるような力がありますね。

三枝　具体的な例として教えていただきたいので、亜門さんが演出をなさったミュージカル「生きる」（二〇一八年一〇月八日から二十八日までTBS赤坂ACTシアターにて上演）についてお聞かせください。

オリジナルは黒澤明の映画なんですけど、私はその企画を知ったときに、普通の劇になさるんだろうと思いました。そうしたら、なんとミュージカルなんですよね。すごく大胆なことだと思いましたが、なぜミュージカルなのでしょうか。

黒澤明の『生きる』をミュージカル化

宮本　今回、ミュージカル化は世界で初めてだったんですが、まず「生きる」という映画を作った黒澤さんがすごい。映画が公開されたのは昭和二十七年です。戦後七年で世の中が一遍に変わろうとしている、ある意味でカオスのような世界を見事に映画に描いています。映画には、有名な、志村喬さん演じる主人公・渡辺勘治が歌う「ゴンドラの唄」しかり、当時のいろいろな曲が入っていて、わたしにはまるでミュージカルのようだと思えました。もともと黒澤さんの映画は、リズムの展開、シーンごとの強弱が見事に演出されています。音の使い方が巧妙で。街に響き渡る工事の音やトラックなどの騒音が広がったかと思うと、すうっと静かになったり。そして驚くほどに、主役の志村喬さんのせりふが少ないんですよ。

三枝　ああ、映画ではそうでしたか。

宮本　せりふが少ない反面、表情で演じられています。志村さんの目のアップを見て、なんとかこれが歌にならないかと考えました。志村さん演じる渡辺の内面の思いを、そして心の声を歌にすることでミュージカルにできるんじゃないかと思いました。

三枝　言葉にしない、表情だけの演技だからこそ、かえって歌に翻訳しやすいということなんですね。

宮本　そういうことですね。ふだん我々が話している「話し言葉」ではない、内面をクローズアップすることができ、お客さんとキャストが共鳴して、心の痛みや喜びも含めて共有できるのがミュージカルのすばらしさです。そういう意味では「生きる」はミュージカルに相応しい作品だったと言えます。

三枝　私は驚きと好奇心を持って赤坂に行き、拝見しましたが、すばらしかったです。こんな形であの映画がミュージカルになるとは……。映画と比べると楽しい要素が多いんだけども、それだけに最後の「ゴンドラの唄」

がとても沁みるんですよね。映画でもミュージカルでも、やはり一番印象的なシーンです。

宮本　ミュージカルの企画を発表して以来、何度も「ブランコは出るのか」とみんなに聞かれました（笑）。

三枝　失礼な感じ方かもしれませんが、あのシーンに感動するために出かけた自分がいます。あのシーンではどんな工夫を意識されたんですか。

宮本　あの美しいシーンをどこに置くか非常に悩みました。映画では公園ができる前日に渡辺勘治が雪が降る公園の中で、ブランコに揺られて「ゴンドラの唄」を歌いながら一人で死んでいきます。それをミュージカルにする際、生々しくなってはいけません。渡辺は「ゴンドラの唄」を歌っているときは本当に幸せそうでした。それが現世なのか天国なのかわからないぐらい美しい。雪の中で死んでいくのだから悲惨なんですが、あの「ゴンドラの唄」は切なさでもあり、喜びでもあるんですね。命が燃え尽きるという歌なのでその悲しみと喜び、両方の思いが重なるとても重要なシーンでした。あえてそれが現実なのか幻なのか……渡辺の息子から見た幻想なシーンにして終わりたかった。

三枝　なるほど。どこか異次元の空間はそういう工夫からなのですね。

宮本　公園で歌って死んで、その後お葬式だとやはり流れが違う。黒澤明さんに対する僕のリスペクトというか、最高の「最後の瞬間」にしなくてはと思いました。帽子をブランコに置くのは私のアイデアで映画にはないんです。あれは息子、そして次の世代に残す何かを意味するのです。死んだ後から息子は初めて父の人間的な温かさと思いに触れ、父を理解する。そんな切ない話なんです。

三枝　ああ、そうか。帽子を置くシーンがオリジナルだということ、気がつきませんでした。本当にすばらしいシーンでしたね。

宮本　そう言っていただくと、うれしいです。ありがとうございます。最初、公園のセットデザインを見たとき、何かが違うと感じました。映画をもう一回観たら、あるカットだけなんですけど、木が植わっていました。他のシーンには木はないんです。ちょうど渡辺がブランコに座っている横からのカットのときに木が植わっていて、そこに雪がきれいに積もっていて、何とも言えない世界観を出していたんです。現実か天国かわからないぐらい美しい世界にするために、木を植えて雪を積もらせました。

三枝　この世であり、あの世であり……両方であるというのが不思議な美しさでしたね。ラストシーンは現実の公園というよりも異界の空間という感じがあり、そこに感動したんですね。亜門さんが天国かこの世かわからないような空間を出したいとおっしゃる意味がよくわかります。

宮本　きっと渡辺は公園を作って初めて、この世は天国だと思えたんです。それまでは天国も地獄もこんなものだと思っていたのに、最後の最後で美しい世界を見ることができた。その美しいその雪の中で死んでいった渡辺が本当に幸せそうでした。「ゴンドラの唄」を歌わせることで、生きるとはなんと美しいことかを舞台で表現しているんです。

吉井勇作詞の「ゴンドラの唄」の力

三枝　そこであの歌をくちずさむところがいいんですね。「ゴンドラの唄」は、歌人の吉井勇（一八八六－一九六〇）の作品です。彼は旧薩摩藩士の華族でしたが、祇園で放蕩三昧な生活をしていたり、四国の山の中にこもったりいろいろ面白い人生を送りました。亜門さんの舞台でも「ゴンドラの唄」には特別な意味あいがありますね。演出家としてあのシーンで口ずさむのはなぜ他の歌ではなく、「ゴンドラの唄」だったと思いますか。

宮本　これも有名な話なんですが、黒澤明さん、橋本忍さん、小国英雄さんらが箱根の旅館で台本を書いているときに、あのシーンに歌が欲しいなという話になり、「そういえば『ゴンドラの唄』って、死ぬとかなにか言ってなかったか?」「『命短し』という歌詞じゃなかったか?」と誰かが言いだしたんだそうです。ところがみんな「命短し」しか憶えてない。「私歌えます」って宿屋の仲居さんが歌ってくれたそうです。「ゴンドラの唄」ありきであのシーンが生まれたわけではないんです。この話は、大好きなんですけど、そうやって偶然性が重なっていくものなんですね。

話がまた脱線してしまうんですが、あの歌が最初に歌われたのが築地小劇場で、松井須磨子が歌ったそうです。当時の日本には、三拍子の音楽がありませんでした。三拍子は西洋のリズムで、日本人には難しくて歌えなかったそうです。「ゴンドラの唄」は日本で初めての三拍子のヒットナンバーだったらしいですね。当時の日本人にとって「ゴンドラの唄」は西洋の歌に聞こえた。あの歌は、戦後の日本社会にも、映画にもぴったり合っていました。詩の内容も、若い娘たちに「生きろよ、命は短いぞ」と教えているのを、映画では息子に伝えることでまた意味が深まると思います。

三枝　「命短し」というフレーズが初めにあったというエピソードは非常に面白い。あのシーンで志村喬演じる主人公が歌うと、青春を振り返り、愛おしみ、惜しむ、そういう人生への万感を込めた歌にもなりますから。

宮本　渡辺ががんだと知ったあと、帰宅して仏壇の前で亡くなった妻の写真を見ながら歌うんです。あえて映画の中では説明していないんですが、多分、妻が好きだった歌という設定にはしているんですね。きっと妻は死ぬ前に「まだ生きてる。この命を燃やして生きよう」と思いを込めて歌ったんだと思います。それは映画には描かれていないんですけれども、それほどこの歌には力があり、命の儚さと、そしてまた生きることと、三拍子の子守歌のような温かい、母性みたいな……。なんとも不思議な歌ですね。

三枝　この「短歌研究」は短歌の雑誌ですから話題を少し広げると、亜門さんは短歌についてどうお感じになっているのでしょうか。

宮本　このような対談をさせていただくのが申し訳ないぐらいの初心者でして。ただのファンの一人です。和歌も短歌も含めて、聞いていると日本人独特のリズムが自然とリンクしながら、穏やかに自分自身を省みることができるんです。その一言一言が、長すぎず、短すぎず、いろいろな想像をかきたてるものが凝縮している。ネット社会になって、あらゆる物事がスピードを求められる中、短歌にはすべてにブレーキをかける瞬間があります。空気や粒子、匂い、香り、五感、六感で溢れ出てくる感覚を味わうとは、なんと贅沢なことでしょう。また、その言葉一つでその人が見えてしまうのは、恐ろしくもあります（笑）。

三枝　歌からその人が見えてしまう。これは短歌の特徴の一つですが、若い人たちにはだから、敬遠するムキもあります。短歌にはどういう魅力があるかは、人それぞれで、一つには決められません。僕は「短歌とは、どんな文芸ですか？」と問われたとき、二人の先達の言葉を思い出すんです。一つは、塚本邦雄（一九二〇－二〇〇五）という歌人が恐ろしいことを言ってるんですよ。「短歌とは古今東西の芸術に精通した者が作るべき」と。つまり、あらゆる芸術を視野に入れて吸収した選ばれた人間こそが作るべき詩型だと述べています。スーパーエリートの詩型という訳です。

もう一つ、僕はこちらのほうが好きなんですけど、石川啄木が「短歌は手間暇がかからないからいいんだ」と（笑）。こんな手間暇がかからない詩型は日本人の持っている数少ない幸福の一つとまで言っています。これは庶民の日記代りの文芸なんだという考え方ですね。超エリートの詩型、そして庶民の文芸、この両方がうまく視野に入っていないと短歌の奥深さは見えてこないと思っています。一方だけではダメですね。

宮本　なるほど。

三枝　戦後すぐＧＨＱの方針で伝統文化は否定された

のですが、中でも一番叩かれたのは短歌なんです。あの時点で短歌はだめになってしまった可能性がある。それがなぜ千三百年もの長きにわたり続いてきたのかというと、日本語の根っこの部分の「力」を一番体現できる詩型ということが生命力につながっている気がするんです。国文学研究の第一人者である折口信夫が、古代の信仰の中で受け継がれた詞章の精粋部が歌の発生を促した、と説いています。唱え言のリズミカルなエキス部分が歌に繋がる。エキスだから含みも多く、暗示力に富む。亜門さんの「生きる」で渡辺が「ゴンドラの唄」を歌う印象的なシーンの遠い背景にもエキスとしての歌という折口の説が張りついているように私は感じます。

両陛下と身近に接した経験

三枝　この一月号は「平成の天皇陛下・皇后陛下のお歌を鑑賞する」という特集をしているのですけれども、亜門さんに、両陛下のお歌についてもお伺いしたいと思います。まず、亜門さんには、両陛下について何か思い出がおありでしょうか。

宮本　実は一度だけ、お会いしたことがあるんです。二〇〇九年の横浜開港百五十周年記念式典で、私がオリジナルショーの演出を担当しました。神奈川県や横浜の出身者、横浜と縁があるミュージシャンの「ゆず」や女優の草笛光子さんをはじめ、市民が約五百人出演し、横浜の歴史を舞台で演じました。これを天皇・皇后両陛下にご覧いただいて、私はその説明係というか、案内役を仰せつかったのです。

　このとき、両陛下からいろいろな質問をいただき、答えさせていただきました。とにかくお二人は横浜の歴史を含めて様々なことにご興味をお持ちで、「あそこにある木はまだ元気なんですか」とか私が知らないことまで、いろいろなことを熟知されていました。舞台についても「あれはどなたですか」「これはこういう意味なんですよね」などとおっしゃりながら、お二人には本当に楽しそうにご覧になっていました。これほど仲睦まじいご夫婦は、私はこれまで見たことがありません。温かくて、思いやりがあって、お二人が寄り添うお姿を拝見し

たら、お互いにどれほど敬愛なさっているかがよくわかりました。こういうお二人が国民の象徴でおられて本当によかった、自分は日本に生まれてよかった、と思えたんです。

三枝　両陛下が歌会始の選者との茶会を御所で持ってくださることがあるんですよ。こちらは何を話題にしていいかわからないから緊張してしまうんです。でも、お二人がこちらの気持ちを察して下さって、緊張を解きほぐしながらいろいろお話しくださるんです。例えば私たちは通された部屋で陛下がおいでになるのを待っているんですが、そこはカーテンが引かれているんですよ。「どんな風景なのか、ちょっと外を見てみたいな」なんて思ったりしますが、お二人がお部屋に入られると「ここは、こんなお庭なんですよ」と左右に分れてカーテンを開けてくださいました。

宮本　それは、すばらしい瞬間ですね。

三枝　さりげない心くばりですが、印象に残っています。では今のお話からの続きで、両陛下の御製、御歌を話題にしたいと思います。まずは亜門さんの「仲睦まじい」というお話から、お二人の関係に関する歌を話題にしましょう。婚約内定したときの歌が昭和三十三年の陛下にあります。

　　語らひを重ねゆきつつ気がつきぬわれのこころに開きたる窓

一緒に軽井沢でテニスをなさって、その後も語らいを重ねられた中で気がついたことがある。この人との時間は私のこころに開いた窓なんだと、とそう読みましたが、亜門さんはどのような感想をお持ちですか。

宮本　お二人が出会われたことによって扉が開いた……。実に親近感を感じるというか、失礼なんですけれども、人としての在り方として、お二人が本当に喜ばれていてることが伝わります。まるで雲の隙間から光が差し込んだような解放感を感じますね。窓が開かれたことによって、風が流れ、空気も変わり、その喜びが溢れているなあと感じます。

三枝　天皇の地位にお即きになってから、御製として作品をお作りになるときには、ご自分のプライベートな感情はあまり出されないんです。

宮本　なるほど。

三枝　けれどもこの歌を見ると本当に、嬉しい、幸せだという声が聞こえてきます。そういう意味でも、今の御製とはまた違った、身近な共感を誘う歌ですね。ご夫妻の歌でお感じになることはありますか。

宮本　平成十五年の、病を克服なさったときの歌に感動しました。

　　癒えましし君が片へに若菜つむ幸おほけなく春を迎ふる

という歌です。あの当時、皇后さまは大変ご心配されたこととお察しします。陛下の横におられて若菜をつむということのこの幸せが伝わってきます。無事、生還できたことと安心感とでまた新たな若菜をつまれて、それがまたお二人の新たなスタートというか……。皇后さまの「陛下のおそばにいることが私の幸せです」というこの思いというのがなんとも……。

三枝　ことに、病を克服なさった君のかたわらで若菜をつむというのがね。この作品から思い出すのは「君がため春の野に出でて若菜摘む我が衣手に雪は降りつつ」という光孝天皇の歌です。『古今集』の中でも名歌中の名歌だと思いますが、雪の中で若菜を摘む行為が、新しい生命力を得ようとするという願いにもつながります。そういう古典とのつながりを思わせながら、傍らの大切な方が癒えた幸福感というものを上品に、味わい深く歌われていると思います。

被災地に行かれる行動力

宮本　平成二十八年に被災地熊本に行かれた皇后さまの、

　ためらひつつさあれども行く傍《かたは》らに立たむと君のひたに思《おぼ》せば

という歌であらためて思うのですけれども、僕は天皇皇后両陛下が被災地に行かれるその行動力に頭が下がる思いなんです。被災地に行かれると、いつも被災された方々の目線になってやさしくお言葉をおかけになっている。そうした思いが伝わってきます。

　人間の手には負えない、想像を超えるような天変地異に見舞われると、我々はどうしていいかわからなくなります。きっと、両陛下も同じ思いをされていると思いますが、それでも同じ人間として、被災された方々を励まそうとされているお姿に、ぐっとこみあげてくる思いが私にはあります。

三枝　陛下のご退位を示唆するお言葉の中で、自分はずっと「象徴」とはどういう存在であるかを考えてきたと述べられていましたね。陛下なりのお答えが、困難な人たちと同じ立場に立って、人々の思いを受け止める、それが象徴の大切な役割の一つだとお考えになっている。それがあの行動に表れているのですね。

宮本　そうですね。

三枝　昨年末に「短歌研究」誌上で行なった座談会（十二月号）で、「平成とはどういう時代だったんだろう」という話になりました。昭和は戦争と占領、それからの復興という時代でした。一方、平成の三十年間における一つの特徴として、震災が非常に多いことが挙げられます。平成七年は阪神淡路大震災、平成二十三年の東日本大震災、そして平成二十八年の熊本地震、平成三十年の北海道胆振東部地震がありました。そのほか、台風や豪雨などの被害も、たびたび全国各地に広がっています。平成とは、困難が次々と日本列島を襲ってくる、そういう時代だったと私は思うんです。だからこそ両陛下は人々に寄り添うために各地に行かれる。人々と同じ立場に立って、その苦しみを受け止めることが自分の象徴としての大切な役割だというお気持ちからでしょうね。ですから皇后さまの「ためらひつつさあれども行く傍《かたは》らに立たむと君のひたに思《おぼ》せば」という御歌からは、大きな被害を被ったところへ行くのは、かえって迷惑ではないかとためらう気持ちがあるけれど、被災された方々の傍らに立ち、同じ目線で声をかけることに意味がある……そういう思いが見えてくる。

宮本　天皇皇后両陛下は、被災地に国民の象徴として行かれたとき、いろいろな責任を感じておられると思うんですが、それを乗り越えても行く。自然の脅威に人間は為す術がない。でもその中で凛と立ち、一歩ずつ進みながら人々に声をかけるということは、大変なことだと思うんです。平成三十年歌会始（お題『語』）の御歌があります。

語るなく重きを負《お》ひし君が肩に早春の日差し静かに
そそぐ

あらゆるものを背負いつつ、そこで生きておられることに対して頭が下がります。

沖縄に「寄り添う」という思い

沖縄のことをお話しすれば、「ひめゆりの塔事件」というのが昭和五十年にありました。皇太子皇太子妃が、皇族として戦後初めて沖縄に行かれたときに起きた事件です。その後に、陛下はすぐ「私はこの場所に寄り添う」という趣旨のコメントを出されています。陛下は一回限りの命を最大限使っていらっしゃると思うんです。これは本当にすごいとしか言いようがない。

三枝　両陛下は被災地に行かれると、立ったままではなく被災された方々と同じ目線で話されますね。そこに批判的な意見を述べる人もいるんですよ。天皇というものは目線を同じにしてはいけないと。けれども、同じ目線に立つことが「象徴」の役割だと今の両陛下はお考えになっていらっしゃる。そういう意味では新しい象徴論を実践されていると思います。

宮本　おっしゃるとおりだと思います。本当にいろいろな意見があると思います。それを超えて行動なさっていることに対して、尊敬の念を抱きます。

三枝　平成三十年の歌会始のお題が「語」で、皇后さまが御歌として出されたのが、「語るなく重きを負《お》ひし君が肩に早春の日差し静かにそそぐ」でした。先ほど亜門さんが挙げて下さった作品ですね。「語るなく重きを負《お》ひし君が肩」というのは、傍らにいる人でないと、その責任感の本当の重さはわからないのですよね。陛下の責任感というか、責務への強い気持ちがあり、どれだけ精神的な重さとして降りかかっているかが、傍らにいる人だからこそ見えてくる……。そういう姿がこの歌には描かれています。こんな言い方をすると叱られるかもしれませんが、「天皇という地位の重さに耐え続けた人」、その人を支え続けた人ならではの、愛おしみの歌だと思いますね。

宮本　「夫婦」という言葉が正しいかどうかわかりませんが人としての在り方で最も美しいと思うのは、それぞれが責任を持って生きていらっしゃるお姿です。今回の退位に関しても、いろいろな意見もあるでしょうが、それをおわかりになった上ではっきり発言なさっている決意と、ご自身の心の奥にある、大切な軸がしっかりなさっていることがわかります。胸が熱くなってしまうんですよね、お二人の話になると……。

1993年4月23日、天皇として初めて沖縄を訪れ、ひめゆりの塔で供花される天皇、皇后両陛下。沖縄県糸満市。（共同通信社）

両陛下が作品の中でお示しになる「短歌の力」

三枝　短歌だから余計にそう感じることはあると思いますよ。短歌の力を、お二人は毎年の作品の中でお示しになっていると思います。歌会始は、平たく言いますと皇室という敷居の高いところと国民の間を結びつける、そういう役割をもった場だと言えると思います。短歌で人々の心に寄り添っておられる。

佐佐木信綱（一八七二－一九六三）という近代を代表する歌人は、「歌のもとゐは、めづる心、である」と述べました。つまり物事を愛でるのが短歌の大きな特徴の一つだと言っています。歌会始は新年に歌を詠み合うことによって新しい一年を愛でる、そういう儀式と考えるとわかりやすいのではないでしょうか。そう思ってこの「語るなく重きを負《お》ひし君が肩に早春の日差し静かにそそぐ」という御歌は象徴という重い責務とともに歩む「君」により添うことを通じて新しき一年を愛でる歌と読むこともできますね。

三枝　沖縄に関する歌が御製に多いのは、大切な特徴の一つだと思いますけれど、どうでしょうか。

宮本　いろいろあるんですけれども、

弾を避けあだんの陰にかくれしとふ戦《いくさ》の日々思ひ島の道行く

という平成二十四年の御製が印象的です。ちょっと個人的な話で申しわけないんですが、私、沖縄に二十年ほど移住していたことがあります。南部に家を建てたんですが、家の前は海で、その先には「摩文仁《まぶに》の丘」が見えます。摩文仁の丘が見えるところを、自分の祈りの場所と決めていたんです。そこで祈りつつ、今生きていることを感謝する。近くには御嶽《うたき》という祭祀を行う場所もあり、僕にとって感じるものがありました。陛下は、皇太子のときから沖縄のことをずっと考えられていたというのは聞いておりました。「ひめゆりの塔事件」のような事件が起きても、それを恐れるどころか、沖縄に寄り添っていっているそのお姿を拝見して、本当に驚くばかりでした。どんどん時代は変わっていくのに沖縄を取り巻く状況は何ひとつ変わっていない。本土と沖縄とでは、いまだに温度差がすごいんですね。本当は沖縄の方たちもみんな、悲劇を訴えたい……。でも、ほとんどの方がそのことに対して蓋を閉じているんです。思い出すといたたまれなくなるからと。私が沖縄に移住して、だいぶたってから地元の人たちはぽつりぽつりと話をしてくれました。

本土でも戦争による多くの犠牲者が出ました。でもそれ以上に沖縄の人たちが心と体に負った傷は生半可な痛みではありませんでした。陛下はその人たちの気持ちになって、この歌を歌われた。沖縄をずっとご訪問され続けているのは、そういうことだと思います。

僕は演出家という仕事柄、人間の裏表を全部知るべきだと思っています。そうじゃないと僕が作っているものが全部嘘になる。だから僕は沖縄の人たちからいろいろな話を聞きました。彼らの痛みがわかる……でもそれは、自分の頭で理解できる限界を越えるほどの痛みでした。陛下は「戦争責任」という言葉だけではなく、そこにいる一人ひとりの思いや苦しみを感じようとされているのが、この歌からわかりました。

両陛下のお歌の大きな違いとは

三枝　平成の御製の一つの特徴は、沖縄に関する歌でも、総論的ではなく、その「現場」を歌っていらっしゃることです。亜門さんが今挙げられた歌でいえば、道を進んでいきながら、あの阿檀《あだん》の陰にかくれて九死に一生を得た人たちが、ここにはいたんだということをみずからのこととして引き寄せています。そこに沖縄への寄り添い方が示されていますね。私にも沖縄は強い関心の一つです。沖縄へ行くたびに自分なりの作品を作って沖縄の歌人たちと交流しています。沖縄の人から私に対しては、沖縄はこんなになまっちょろいものではないと言われますが（笑）。

宮本　皇太子時代の陛下は、戦後初めての皇室の方として沖縄を訪問されました。陛下が沖縄に行かれることに反対する意見も多かったそうです。それでも陛下はご来沖された。個人の意志として、強い決意のもとに行動なさっている。それは大変なことだと思います。今も政治的には本土と沖縄の関係は決して良いとは言えません。しかし、陛下の沖縄への思いは変わることなく、意志を貫いていらっしゃる。

三枝　両陛下の歌には大きな違いがあり、歌人としてはその点が興味深いので、少し話題にさせて下さい。同じテーマの作品を並べると違いがよく見えてきます。まず紀宮さまの結婚に際しての歌です。平成十七年に「告期の儀を迎へ」という節目で歌われた御製は、

嫁ぐ日のはや近づきし吾子と共にもくせい香る朝の道行く

です。御歌は、

母吾《われ》を遠くに呼びて走り来《こ》し汝《な》を抱《いだ》きたるかの日恋ひしき

この二首には御製と御歌の違いが特によく出ていると思います。御所の庭かどこかで遊んでいた幼い紀宮さまが外出先から帰宅された美智子さまを見つけて「お母様」と全力疾走で駆けてきた場面が御歌からは浮かんできます。その愛しい娘を受けとめ、抱きしめた……そのときが忘れられませんと歌っています。愛おしくて、愛おしくて、もう悲しくなるぐらいの愛おしさが広がってきます。大切な吾子を手放す切ない気持ちがこの歌から溢れ出ている。

一方、御製のほうは、「嫁ぐ日のはや近づきし吾子と共にもくせい香る朝の道行く」と、娘と歩む事実だけを述べているわけです。御歌のような溢れ出る思いを鎮めながら事実だけを述べている。事実を示せば内なる感慨は伝わるという判断からでしょうね。

これが御製の一つの特徴だと思います。

半世紀後に発見されて話題になった対馬丸の歌でもそうですね。御製は、

疎開児の命いだきて沈みたる船深海《しんかい》に見出だされけり

と報道された事実だけを受け止めています。事実を受け止めるということは、陛下が非常に深い関心を持ってこのことと向き合っていることを意味してもいます。ご自分はそこで、どうお感じになったかということは抑えているんです。いっぽう、平成二十六年には、このような御歌を皇后さまは詠まれました。

我もまた近き齢《よはひ》にありしかば沁《し》みて悲しく対馬丸思ふ

対馬丸に乗船した多くの疎開児童が亡くなったあの当時、私も児童たちと同じ年代だった。そのことを考えると切なくて悲しくてしょうがないと表現なさっている。御歌は自分の心を示されるけれども、御製は抑える。そこに御製と御歌の大きな違いがあります。天皇という地位を自覚している方は、自分の感情を示すことよりも、その出来事に寄り添って抱きとめる、そのことが大切なんだとお考えになっている、そういう気持ちの表れだと思います。被災地に行かれての歌もそうですよね。

もう一つ、「満蒙開拓平和記念館にて」という平成二十八年の御製です。

戦の終りし後《のち》の難《かた》き日々を面《おも》おだやかに開拓者語る

両陛下の強いご希望で、満蒙開拓平和記念館に行かれた。そうお聞きしました。

希望に胸を膨らませて満州に渡ったけれども、悲惨な目に遭い、命からがら帰ってきた人たちの話を聞いて、「後《のち》の難《かた》き日々を面《おも》おだやかに開拓者語る」と歌われ、開拓者が語ったそのことを受け止めながらご自身の反応は抑えている。だけど「面《おも》おだやかに開拓者語る」と表現することによって人々のその思いに寄り添う。寄り添って抱きとめるからそれが結果的に相手に対する深い労りになるのではないでしょうか。

バーミアンのお歌への驚きと感動

宮本　僕はバーミヤンのお歌に驚かされました。

三枝　すごい歌ですね。読んでみましょう。

知らずしてわれも撃ちしや春闌《た》くるバーミヤンの野にみ仏在《ま》さず

平成十三年にアフガニスタンを公式訪問したときの体験を御歌になさった。

宮本　僕が調べたところによると、お二人は一九七一年にバーミヤンに行かれています。その訪問時には、とても美しい仏像をご覧になったと思うんです。後にタリバンによってバーミヤンの遺跡、仏像はことごとく破壊されました。二度目のご訪問時には、かつてあった仏像はなくなっていた。単にタリバンを批判するのではなく、彼らにとって、きっと何かがあったのたんだろう。ただ善悪を決めつけるのではなく、彼らをそこまで追い詰めて苦しい思いをさせてしまったことに、自分もどこかで影響を及ぼしていたのではないかと歌われています。これは見事な人類愛だと思います。この歌を敢えて出したことによって、広い心で人々を、そして世界を見ておられたんだということに僕は驚きましたし、心打たれました。

三枝　そうですね。これは本当に衝撃的な歌ですよ。同じ題材を歌うとしたら、百人中、九十九人が「なんとひどいことを……」という破壊者を非難する歌になるでしょう。百人が百人、同じような反応を示しそうなところを、亜門さんがおっしゃったようにより広い視野でこの事態を受け止めていらっしゃる。だからご自身を当事者として受け止めることができるんですね。共同通信が配信している永田和宏氏の「象徴のうた」という連載があります。とてもいい連載ですが、そこでもこの作品をとりあげて、「破壊に手を貸しているのは、ひとりひとりの〈無関心〉ではないか」と永田氏は読んでいます。切実な当事者感の歌ですね。

宮本 そうなんです。自分はよかれと思って取った行動が、相手にとって良いこととは限らない。そういうところまで悩まれた後のお言葉です。我々が生きていこの世の中はいろいろなことがすべてがつながっているという視点をお持ちになっていたんじゃないでしょうか。

三枝 そうですね。それは沖縄についての御製にも通じる姿勢だと思います。今回、御製、御歌についていろいろな形で語っていただきましたけれども、作品をお読みになって、短歌について改めてどうお考えになりますか。

宮本 正直申しまして、僕は演劇をやっているので皆さまに劇場に来ていただきたいという気持ちはあるんですが、しかし、短歌の一言一言がそれと違ってまたとても強い。たった一言でその思いがひしひしと、自分の心さえ変えてしまうほどに沁みいってくるのを感じました。題材が恋愛であれ、何であれ、短歌にはその人そのものが全部出てくる。同じ人間として最も思いが伝わる方法が短歌なのかなと思います。

三枝 ありがとうございました。貴重なお話をいろいろお聞かせいただきました。

（平成三十年十月　東京にて）

宮本亜門（みやもと・あもん）一九五八年、東京・銀座生まれ。八七年、ミュージカル「アイ・ガット・マーマン」で演出家デビュー。翌年、文化庁芸術祭賞受賞。〇四年、ニューヨークのオン・ブロードウェイにて東洋人初の演出家としてミュージカル「太平洋序曲」を上演。（トニー賞四部門でノミネート）を果たした。一一年、三島由紀夫原作「金閣寺」を舞台化し、ニューヨークのリンカーン・センター・フェスティバルに正式招聘。一三年、オーストリアで宮本亜門版「魔笛」を世界初演。一六年、「スポーツ・文化・ワールド・フォーラム」の公式プログラム文化イベントを演出。能楽と3D映像を融合した「幽玄」をシンガポールで世界初演。

三枝昻之（さいぐさ・たかゆき）一九四四年、山梨県甲府市生まれ。歌誌「りとむ」発行人。日本歌人クラブ会長。山梨県立文学館館長。七八年『水の覇権』で現代歌人協会賞、九八年『甲州百目』で寺山修司短歌賞、〇二年『農鳥』で若山牧水賞受賞。〇六年『昭和短歌の精神史』で芸術選奨文科大臣賞、やまなし文学賞、斎藤茂吉短歌文学賞、角川財団学芸賞他を受賞。〇九年『啄木―ふるさとの空遠みかも』で現代短歌大賞受賞。一〇年神奈川文化賞受賞。一一年紫綬褒章受章。宮中歌会始選者、日本経済新聞歌壇選者。

第一部　平成の天皇・皇后両陛下のお歌三六五首　（出典は宮内庁ホームページによる）

第二部　座談会「両陛下のお歌を鑑賞する」　「短歌研究」平成三十一年一月号

インタビュー「歌会始の『幸くあひあふ』」　同右

寄稿「民に寄り添う世界」　同右

寄稿「ひまわりと薔薇」　『短歌研究』平成三十一年四月号

寄稿「歌御会始と披講」　「悠久」第一五四号

寄稿「歌会始という空間」　平成三十一年三月書き下ろし

スペシャル対談「歌の力」について語ろう。　「短歌研究」平成三十一年一月号

平成《へいせい》の天皇《てんのう》・皇后《こうごう》両陛下《りょうへいか》のお歌《うた》三六五首《さんびゃくろくじゅうごしゅ》

令和元年六月一〇日　第一刷印刷発行
令和元年七月一日　第二刷印刷発行

「短歌研究」編集部＝編

発行者　國兼秀二
発行所　短歌研究社
郵便番号一一二-八六五二
東京都文京区音羽一-一七-一四　音羽ＹＫビル
電話　〇三-三九四四-四八二二・四八三三
振替　〇〇一九〇-九-二四三七五

定価はカバーに表示してあります。
ISBN978-4-86272-617-9 C0095